「慶ちゃんと一緒に暮らせて嬉しい」
上から見下ろしてくる有生が囁く。その顔がスーッと近づいてきて、唇にちゅっとキスをされた。（本文より）

BBN
B・BOY NOVELS

狐の巣ごもり

―眷愛隷属《けんあいれいぞく》―

夜光 花

イラスト／笠井あゆみ

この物語はフィクションであり、実際の人物・
団体・事件等とは、一切関係ありません。

CONTENTS

狐の巣ごもり

―眷《けん》愛《あい》隷《れい》属《ぞく》―

■1　同棲しました

改まった話を親にするのは気恥ずかしいものだ。一人暮らしをすると言った時、両親が怯《おび》える相手とつき合っていると言った時、恋人と同居したいと言った時——さりげなさを装ったものの、内心気恥ずかしさを覚えていた。

そして今、山科慶次《やましなけいじ》は緊張して両親と向かい合っている。今日帰省したのは、家族に恋人と暮らし始めたことを報告するためだ。

「えっとー。俺、今、有生《ゆうせい》と一緒に暮らしてんだー」

なるべく明るく、さらりと言ったつもりだが、とたんに両親の顔はムンクの叫びみたいになった。聞いたことのない悲鳴を上げ、絶望的な様子で父と母が抱き合っている。向かい合ったソファに座った慶次たちにお茶を出そうとお盆で運んできた兄の山科信長《のぶなが》が、ショックを受けてお茶を床にぶちまけた。

窓の外では朝から雨が降りやまない。梅雨のこの時期にふさわしい陰鬱《いんうつ》な空気が、山科家に流れていた。

慶次は二十一歳の討魔師だ。討魔師とは、一族に伝わる特殊な仕事で、眷属《けんぞく》を身に宿し妖魔や悪霊を祓《はら》うものだ。慶次は幼い頃に討魔師が妖魔を打ち祓う姿を見て、自分もそうなりたいと憧《あこが》れた。一族の血を引く者は夏至の日に討魔師になるための試験を受けることができる。試験を受けられるのは生涯三回までで、そこで落ちたら討魔師になれない。慶次は試験に参加できる十八歳になった年、ぎりぎりだが討魔師の試験に受かった。だが、慶次が憑《つ》けられた眷属は半人前の子狸で、自分自身も能力が足りなくていろいろあった。

それから三年が経《た》ち、慶次に憑いた子狸は一人前の眷属になった。まだ新人だが、ある程度仕事もこなし、順調に討魔師としての道を歩んでいる。

慶次には三年の間に恋人ができた。弐式《にしき》有生という討魔師を束ねる一族の本家の次男だ。有生は見目もよくすらりとした肢体で高い能力を持っているが、本家の忌《い》み子と嫌われるくらい特別な男だ。本来なら夏至の試験を経て討魔師となるのだが、高い能力を見込まれて十歳の時から齢《よわい》二千とも言われている白狐《びゃっこ》を憑けている。その強さは一族皆が認めるところだが、何しろ有生は性格が悪い。協調性はゼロだし、卑怯なことが大好きだし、精神攻撃までしてくる。そんな嫌な奴だが、成り行きでつき合うことになった。最初は大嫌いだったはずなのに、今では周囲も目を背けるほどラブラブな仲になった。

慶次は一年ほど前から一人暮らしを始めたのだが、隣に越してきたのは弐式家と対立する井伊《いい》家の三男の井伊柊也《しゅうや》だった。柊也は多重人格で、昼間は品行方正で善良な大学生だったが、夜は悪童と呼ぶのがふさわしい最悪の男だった。慶次は柊也と知り合いになったものの、その本性を知り、自分が有生の弱みになっているのを自覚した。井伊家はずっと有生を欲しがっていて、それにはいつも一緒にいる慶次を利用するのが一番だと思ったのだろう。

自分が有生の、ひいては弐式家の足を引っ張ってはならないと思い、慶次は引っ越しをすることにした。以前から有生には同棲しようと迫られていたのだ。一緒に暮らすにやぶさかでないのだが、問題が残っている。

慶次の家族は有生が嫌いだ。嫌いというより恐れている。有生には周囲にいる人を怯えさせる負の気が流れていて、霊感能力のない人間でも有生の傍《そば》にいると怖くなって離れていく。父も母も兄も、有生と慶次がつき合っていると知った時、別れろと迫ってきた。つき合うことだけは何とか認めてくれたものの、同居までいくとなると絶対に許せないらしい。これまで何度も言ってみたが、毎回喧嘩になるか、聞こえない振りで逃げるという手を使われた。

だから、慶次も考えた。

これはもう、最終手段、『事後承諾』しかないと。

「今、高知の本家にある有生んちにいるからさ。何かあったらそこに来て」

慶次はなるべく気負わずに言った。毎度騒ぎになるので、もういっそ報告だけでいいだろうと思ったのだ。反対されても、すでに慶次は一人暮らしの家の荷物を引き払って有生の家に引っ越し作業を終えた。本当は家族の了承を得てから有生と同居したかったが、そんな悠長なことを言っている場合ではなくなった。

慶次が井伊家に目をつけられた以上、すみやかに安全な場に移動するべきだ。

「け、けい……慶次……」

真っ青な顔で母と抱き合っていた父が、苦しそうに目頭を押さえる。

「それはつまり……俺たちと縁を切るということなんだな？」

うつむく父に、慶次は顔を引き攣《つ》らせた。有生と同居するというだけでひどい言われようだ。

「いや、俺はぜんぜん縁を切る気なんてねーけど……。ちょっといろいろあってさ。安全面を考慮して、しばらく有生と住むわ」

悲壮感たっぷりの父に慶次が言うと、わっと母が泣き出した。

「お前はいつもそう……っ、私たちの言葉なんて聞いてないのよっ！　私たちがあの悪魔とあなたがつき合っているのを許すだけで、どれだけ我慢とストレスを抱えているか分かってないでしょう！」

母に涙ながらに言われ、慶次は絶句した。人の恋人を悪魔呼ばわりとはひどすぎる。

「慶ちゃん……、もう会えないなんて……元気でいてね。どこにいても慶ちゃんの幸せを祈ってる……」

　床にこぼれたお茶と割れた湯飲み茶わんを片付けながら、兄の信長が目を潤ませた。まるで永遠の別れだ。有生と暮らしただけで家族と縁が切れるのか。

『ふぉおお、相変わらず有生たまの嫌われっぷりはすごいですねぇ。もはや魔王かゲームのラスボスくらいの勢いですぅ』

　慶次の頭の上に乗って会話を聞いていた子狸が、感心したように言う。慶次の相棒である子狸は、本来なら一人前の大狸だ。だが大狸だと口調も物腰も落ち着き払っていて馴染《なじ》めないので、ふだんは子狸の姿に戻ってもらっている。子狸は眷属なので、父や母にその姿は視《み》えない。兄は霊感が強いので何かいるのは気づいているようだ。

『この家、物が多い！　狭い！　埃《ほこり》っぽい！　俺様不快、不快、不快ぃ！』

　部屋中を走り回っている陽気な子狼が、ぺっぺっと唾を飛ばして不満をまき散らしている。陽キャそのものといった子狼だが、慶次の実家は好きじゃないらしく、ついた時からずっと文句を言っている。

『どろどろとした怨念めいたものを感じます……怨念がおんねん……、はぁ、この家はぎすぎすしていて落ち着く……』

　陰気な子狼がぐふぐふと暗い笑いを浮かべながら言う。二体の子狼は武蔵御嶽神社《むさしみたけじんじゃ》の黒狼に一人前になるまで預かってくれと頼まれた。現在慶次と共に行動している。

「ともかく！　そんなわけで何かあったら本家に来るか、スマホに連絡して」

これ以上家族の言い分を聞いていたら、憂鬱《ゆううつ》になりそうで、慶次は無理やり話をしめくくって家を飛び出した。家族は引き留めていたが、今さら一人暮らしを続けるのも、実家に戻るのも無理だ。そもそも無駄な家賃を払う余裕はない。家電や家具はいらないものは売って、もらいものは本家にある有生の離れに運び込んだ。離れには空いている部屋がいくつかあったので、慶次は八畳の客間を使わせてもらうことにした。

今までうだうだ同居することに悩んでいた慶次だが、ひとたび決心すると行動は速かった。六月半ばにはすべての作業をすませ、高知にある有生の離れに移動した。

「こんな早く来れるなら、どうして今まで時間かかった？」

有生は引っ越してきた慶次に喜びつつも、不満を露《あらわ》にした。同居すると決めてから何カ月もの間、まったく行動してこなかった慶次が気に入らないのだ。井伊家に狙われていると分かってすぐに行動したのが腑《ふ》に落ちないらしい。ぐずぐずしている暇はないと思ってがんばったのに、何で怒られるのか理解できない。

「あのなぁ、同居するにあたって抱えているいくつもの不満を、俺はぐっと呑み込んで同居をするって決めたんだぞ。言っとくけど、家賃代わりに毎月いくらか受け取ってくれよな！　そうしないと俺、ヒモみたいじゃん」

慶次としては譲《ゆず》れない点を、声高に語った。家族の反対に関しては無視することに決めたので、せめて家賃くらいは受け取ってほしかった。一部屋好きに使わせてもらうし、ここにいると食費も光熱費も世話になるのは分かり切っている。

「まぁいいけど。くれるなら別に」

いらないと言われるかと思ったが、有生はあっさりと毎月支払う額を受け入れてくれた。これまで住んでいたマンションの家賃より少ない額だったが、お金を払っているという安心感があるとここに居やすい。

有生は東京にもマンションを持っているが、高知にある本家のほうに慶次が引っ越してきたのには理由がある。本家には縁戚がたくさんいて、顔見知りの者ばかりだ。だが東京には知り合いが一人もいないし、いざとなった時に逃げる先もない。仕事に関しては東京に住んでいるほうが依頼件数も多くて有利なのだが、初めての同居が不安だったので高知の家を選んだ。

これから有生との暮らしが始まるのだ。一体どんな生活になるのだろうと慶次は怖さ半分、楽しみ半分で手続きをすませたのだった。

家族に事後承諾として有生との同居を伝えた後、慶次は美浜町《みはまちょう》に出て、仕事で組んでいる如月《きさらぎ》と落ち合った。慶次の実家は和歌山県にあり、一人暮らししていたのも和歌山市だ。今回の仕事が和歌山の美浜町だったので、先に実家に寄ってきた。

今日の仕事は怪異が起きている家の相談だ。その家には井戸があって、昔そこに身投げした人が何人かいたらしい。井戸を取り壊したいのだが、祟《たた》られたら嫌だというので、如月と状況を見に行くことにした。

依頼者の家は大正時代に建てられたという古めかしい日本家屋だ。地主だそうで庭も広く、寂れた感じの屋敷稲荷《いなり》や池がある。屋敷稲荷は長年放置されているのか、眷属がいる様子はなかった。問題の井戸は庭の隅にあった。

「慶次君、分かる？」

井戸の前で如月が試すように慶次に聞いてきた。如月は三十代前半の男性で、黒髪を後ろで一つに縛った、ひょうひょうとした態度の討魔師だ。開いているか開いていないか分かりづらい糸目で、今慶次が仕事で組んでいる相手だ。

「うー、はい。三、四、五……いや、下のほうにも気持ち悪いのがいっぱいいるから、どれだけいるか数え切れません。人間っぽいのは五体くらいいます」

慶次がびくびくしながら井戸を覗《のぞ》き込んで言うと、背後で聞いていた家の主人が「そ、そんなに!?」と真っ青になる。昔は悪霊や妖魔が全部黒いもやもやに見えていた慶次だが、今は如月に視えるようにしてもらい、何がいるか把握できるようになった。とはいえ、やはり悪霊や妖魔は恐ろしくて、仕事とはいえ、しっかり視て確認しなければならないのはかなり苦痛だ。

「そうだね。けっこういるな。浄化するのに五、六回通わないと駄目かもね」

如月は慶次がしっかり把握できたのを確かめ、くるりと後ろにいる主人に向き直った。

「井戸で死んだ人の数は五人ほどですが、低級霊や妖魔を引き寄せて、かなり危険な状態です。除霊するにしても六回ほど通わなければなりませんし、金額もこれくらいかかります」

如月は電卓を取り出して、主人に見せる。主人の顔色がさらに青くなる。

「もっと安くすませるなら、例外的な措置ですが、無理やり封じ込めて井戸をコンクリートでふさぐという手もあります。その場合、井戸自体を取り壊すのは絶対なしです」

珍しく怖い顔をして如月が言い含める。慶次も井戸を壊すのは反対だ。壊した時点で主人と一家に呪いが飛ぶだろう。

「その場合の費用はこちらです」

如月は電卓を打ち直して主人に見せる。主人は先ほどの金額より現実的だと思ったのか、腕を組んで悩み始めた。

「すみません。家族で話し合いたいので、少し考えさせて下さい」

結局主人は決めることができず、慶次と如月は暇《いとま》を告げることにした。この仕事をするようになって、井戸というのはかなり繊細なものだと慶次も学んだ。井戸にはよいものが憑いている場合もあるが、そこで亡くなった人がいると悪霊や妖魔が棲《す》みついている場合も多い。以前伺《うかが》った屋敷では今も使われている井戸に小さいながらも龍がいた。当然ながらその屋敷は栄えていて、屋敷に住む人も心根が綺麗な人ばかりだった。逆に使われていない井戸は、危険な状態になっていることが多い。淀んだ水は悪いものを呼び込み、身投げする者や、殺されて捨てられたりする者もいる。今回の井戸は後者で、家の主人もよくないことが続いているので不安になって依頼してきた。

「あの井戸、どうするんですかね」

帰りの車の中、慶次は気になって如月に尋《たず》ねた。如月は毎回車で移動しているので、慶次も乗せてもらっている。たまには運転を替わりますと申し出るのだが、一度運転した時のハンドルさばきが怖かったのか、それ以来拒否されている。

「うーん。多分、知らんぷりして売りに出すと思う」

如月はため息混じりに答える。未来を見通せるのではないかと思うくらい、如月の予測は当たる。

「ええっ、でも売りに出しても、更地にする段階でヤバいですよね？」

慶次は身をすくめて言った。

「そうだね。見ず知らずの霊ならともかく、井戸で死んでるの、あの主人のご先祖だからね。井戸を壊された段階であの主人は取り殺されると思うよ」

あっさりと如月に言われ、慶次は恐ろしさに自分の身体を抱きしめた。

「そうならないように、断りの連絡が来た時にそれを言っておくよ。そうしたらさすがに考え直すだろう」

このまま見捨てるのかと思ったが、如月はそんな悪人ではなかった。これが有生なら「俺、知らね」で終わりだろう。そこまで言われても無視するようなら、そこは慶次たちの管轄外だ。

「ところで、慶次君。有生と同棲するんだって？」

最寄りの駅まで送ってくれる途中で、思い出したように如月に聞かれた。如月にまで話がいっていたのかと、慶次は赤くなった。

「同居です！　同居！　あの……知ってるか分かりませんが、俺の家の隣に井伊家の息子が住んでいて」

慶次はその先を言いづらくて、もごもごと言いながらうつむいた。

「うん、ざっくりと聞いている。それで慶次君が本家のほうに厄介になるから、パートナーを替えるかもしれないって当主に言われた」

信号のところで車を停め、如月がこちらを向く。

「ええっ、俺、違う人と仕事するんですか!?」

慶次は焦《あせ》って運転席のほうに身を乗り出した。如月と仕事で組むようになり、とてもやりやすかった。何しろ如月は決して声を荒らげない。怒ったり面倒くさそうにしたりすることもないし、指導は的確で分かりやすい。そんな如月と仕事ができなくなるなんて、ショックだ。

「高知に住むなら、近いところの人のほうがいいだろうって。まだ本決まりじゃないけど、当主と話し合っておいて」

如月はのほほんとした調子で、慶次と組めなくても特に寂しがっている様子はない。あまり役に立っていないのを自覚しているので、慶次はしょんぼりした。

『ご主人たまー。元気出して！　別れるだけが人生ですぅ。ファイト！　隊長、いろいろお世話になりますたぁ。隊長のところで学んだことは、おいら今後の指針としていくつもりですぅ』

子狸は如月にびしっと敬礼を決めて、別れの挨拶《あいさつ》をしている。もう相棒じゃなくなるのは決定事項なのだろうか。できれば如月とこのまま組んでいたいが、高知と三重じゃ距離が遠くて不便なのも事実だ。

「そうそう、渡し忘れていた。これ、和葉《かずは》から慶次君にって」

駅前に車を停めて、如月がバッグからお守りを手渡してくる。如月の弟の来栖《くるす》和葉は、神職の仕事をしている。一年前にくれたお守りが強力で、それを持っていると悪霊が寄ってこなくて大変重宝《ちょうほう》していた。

「ありがとうございます！　助かります！」

慶次は感激して受け取り、さっそく首から下げていた古いお守りと新しいお守りを入れ替えた。お守りを身につけるだけで、気持ちが前向きになり、晴れ晴れとした思いだ。

「じゃあね、がんばって」

如月は別れ際もあっさりしていて、未練がましい慶次とは雲泥《うんでい》の差だ。

「子狸。俺、次は誰と組むんだろう？　そういうの分かんないか？」

駅の階段を上がりながら、慶次は不安になって子狸に尋ねた。討魔師は基本的に二人一組で仕事をしている。先に誰と組むか知っていれば、心構えも違うはずだ。

『ご主人たまぁ、おいらネタバレ絶対禁止派ですぅ！　犯人を言う奴はおいらが縊《くび》り殺してやるっス。まさかご主人たま、おいらの力を利用しようとしてるんスか。確かにおいらはある程度の未来を知ってますぅ。でも眷属をそういう使い方するのは邪道極まりなし、ご主人たまのためにも絶対よくないですぅ、邪悪、邪悪っ』

気楽な気持ちで聞いたのに、子狸の反応は強烈だった。目が三角に吊り上がり、尻尾で頬をばしばし叩かれた。眷属には未来が視えるようだが、安易にその力を使おうとするのはよくないらしい。

『ぐふふ……闇堕ちスイッチ……押しますか……？』

陰気な子狼が何故か感極まった様子で慶次にすり寄ってくる。

『腑抜けた奴は成敗《せいばい》っ、成敗っ』

陽気な子狼は慶次の足に嚙みついてくる。

「分かったって！　俺が悪かった！　いててててっ」

陽気な子狼の牙が鋭くて、嚙まれて変な歩き方になった。眷属は一般人には視えないから、一人で痛がっている危ない人になってしまう。急いでその場を離れ、電車に飛び乗った。

今日はこれから高知にある本家に向かう。仕事も終え、家族への通達もすんだ。あと、もう一つだけ慶次にはやることがある。電車に揺られつつ、慶次は気持ちを奮《ふる》い立たせていた。

高知についた頃には、とっぷりと日が暮れていた。仕事はスーツでという決まりがあるので、帰りの飛行機の中で、楽な私服に着替えた。自分で言うのも何だが、三年経ってもスーツが似合わない。童顔すぎるのが悪いのか、百六十センチで止まってしまった身長が悪いのか。

最終バスに乗り、最寄りとは言い難《がた》い、屋敷からかなり遠いバス停で降りると、すっかり暗くなった山道を歩く。しばらく行くと、大きな鳥居《とりい》が現れて、何とはなしにホッとした。本家にはこれまで何度も来ているが、これからここで暮らすとなると交通の便の悪さが気になる。一応運転免許は持っているのだが、慶次の運転は慎重すぎて逆に危なっかしいと言われる。

長い参道を進むと、本家の母屋《おもや》の明かりが見えてくる。本家は古めかしい瓦屋根の日本家屋だ。周囲は木々に囲まれ、裏には山もあるし、庭面積だけでかなりの広さがある。慶次はいつも母屋ではなく、左側に続く小道に入る。広い敷地内の一角に有生は離れを建てた。有生の離れに至る道には、たいてい緋袴《ひばかま》の女性が立っている。行燈《あんどん》を持ち、慶次が来るのを知っていたかのように会釈する。一見人間のように見えるが、尻尾と耳があるので実は狐が化けていると分かる。

「ご苦労様」

緋袴の狐に慶次はねぎらいの言葉をかけた。有生が憑けている眷属は力のある白狐で、その部下も大勢いる。こうして有生の身の回りの世話をしているのだ。

狐に先導され、離れに辿り着く。緩い勾配の屋根をいただく木造平屋の建物だ。竹垣越しに庭を覗くと、ウッドデッキに寝転がっている男がいた。

「有生、ただいま」

慶次が声をかけると、いつもならすぐに気がつくはずの有生の返事がない。気になって慶次は玄関のところに荷物を置くと、庭のほうに回り、ウッドデッキに仰向けになっている有生の近くへ行った。端整な顔立ちに、通った鼻筋、薄い唇、均整のとれた身体つきに長い手足。茶色い柔らかそうな髪がこめかみにかかっている。今日は深い青のグラデーションがかった半袖のシャツを着て、黒いズボンを穿《は》いている。

「有生、寝てるのか?」

慶次は靴を脱いでウッドデッキに上がると、ぴくりとも動かない有生を覗き込んだ。

「ん……」

慶次がそっと髪に触れると、有生の瞼《まぶた》が開く。その瞳が慶次を見つけると、見蕩《みと》れてしまうほど美しい笑みを浮かべた。

「慶ちゃん、おかえり」

背中に気合と根性∞

有生に愛しげに囁かれ、思わずきゅんと胸が高鳴った。何万回も見ているはずの有生の顔だが、何度見ても綺麗だと思う。十人中十人が美形だというくらい、有生は目を引く容貌をしている。

「そのダサすぎるTシャツ、捨てていい？　どこで買った？　百均でも買わないでしょ、絶対隣を歩きたくないレベル」

有生の顔に見蕩れたとたん、その美しい顔からこぼれたとは思えない毒舌が漏れる。にこにこして言うものだから、反論が遅れた。今日着ているTシャツは近所の服屋で気に入って購入したものだ。

「わわ、悪かったな！　どこが百均だよ！　もっと高かった！」

慶次が顔を真っ赤にして怒鳴り返すと、有生がだるそうに上半身を起こす。

「え、マジで百均じゃない？　それを選んで買うセンスの悪さに絶望した。如月さんも何も言わなかったの？　あの人、本当に他人のことどうでもいいんだね。はー慶ちゃん、早く脱ごう。慶ちゃんは白Tだけ着てればいいよ」

有生の長い手が伸びてきて、強引にTシャツを脱がされそうになる。

「こらこら！　勝手に脱がすな！　あと仕事の時はスーツ着てたし！　それより、有生。これからここで暮らすわけなんだから、挨拶はきちっとしなけりゃ駄目だろ！」

妖しい手つきで腰を触られ、慶次はその手をぴしゃりと叩いた。

「は？　挨拶？　今日からよろしく？」

有生は首をかしげている。

「俺にじゃないよ！　お前の家族にだよ！」

勘違いしている有生に、慶次は座り直して正座するとびしっと言った。有生が目を点にしている。

「親父には言ってあるけど？」

「当主も、もちろんだけど、皆さんにご挨拶すべきだろ！　というわけで今から母屋に行こう。俺一人で行くのも何だから、有生も一緒に挨拶しよう」

ここで暮らすにあたってきちんと挨拶しなければならないのは、やはり有生の家族にだ。こういうのはなぁなぁですましてはいけない。親しき仲にも礼儀ありというし、ちゃんと有生と同居することを自分の口から伝えておきたかった。

「えーめんどくせ。今さら感があるんだけど。今までだってしょっちゅう慶ちゃん俺んちにいたのに？」

親しい者への礼儀が皆無の有生は、案の定ごね始めた。だが、挨拶のために菓子折りも買ってきたのだ。

「行くぞ、有生！」

玄関の前に置きっぱなしの荷物から菓子折りを取り出し、慶次は有生の背中をばしっと叩いた。かなり面倒そうな顔をしていたが、慶次が「早く、早く！」と急《せ》き立てると、有生もしぶしぶ母屋へ向かってくれた。

時刻はすでに夜九時。この時間なら、当主たちはもう夕飯をすませてまったりしている頃だ。慶次が母屋の引き戸を開けて「こんばんは！」と声をかけると、しばらくして奥から使用人と齢八十を超えた巫女様――弐式初音《はつね》が出てきた。

「おお、慶次。今日からこちらで暮らすそうじゃな。まぁ上がりなさい」

巫女様の見た目は小柄なおばあちゃんだが、眼光が鋭く、霊力が高い、弐式家のご意見番だ。絣《かすり》の着物を着て、しゃべりも歩き方もしっかりしている。

「はい！　挨拶に来ました！」

慶次が背筋を伸ばして言うと、巫女様がおかしそうに笑う。

「そうか、そうか。ちょうど奥に皆揃っておるから、顔を見せるといい」

巫女様の了承を得て、慶次はいそいそと母屋に上がった。有生は相変わらず面倒そうな態度だが、一応ついてきている。母屋は親戚が一堂に会することも多く、客間は多いし、ふすまを取り外せば広い座敷になる。巫女様が言った通り、ちょうど食事を終えたところなのか、居間で当主と、妻の由奈《ゆな》と赤ちゃん、そして有生の兄である耀司《ようじ》と弟の瑞人《みずと》がお茶を飲んでいた。

「おお慶次君。今日からだったね」

当主の弐式丞一《しょういち》は一見おっとりした雰囲気の中年男性だが、当主を務めているだけあってその佇まいには風格がある。隣にいる後妻の由奈はまだ二十代の若さで、数ヶ月前に生まれた娘もおむつがとれてない。

「いらっしゃい、慶次君」

白いシャツにズボンという格好の男性は、弐式耀司。有生の三つ上の兄で、次期当主と噂される狼の眷属を持つ凜々《りり》しい顔立ちの青年だ。

「やっほー慶ちゃん、今日からよろぴくねっ」

耀司の隣にいるのは、高校生の弐式瑞人だ。中性的な雰囲気があり、着ているものもユニセックスなものが多い。有生がよく小鬼と呼ぶくらい笑顔で残酷なことをする面がある。

「当主、それに有生の家族の皆さん、今日から有生の家で暮らすことになりました。至らぬ面もあると思いますが、どうぞよろしくお願いします」

慶次は菓子折りを当主に差し出して、正座して三つ指をついた。横にいる有生は立ったまま、呆《あき》れた表情でそれを見下ろしている。

「有生！　お前もやれよ！」

一人でやっていると馬鹿みたいなので、慶次は有生の足を叩いて言った。

「えー。必要ある？」

有生はだるそうに慶次の横にあぐらを掻き、「慶ちゃん真面目すぎ」と呟《つぶや》く。

「いやーん、慶ちゃん。まるでお嫁にでも来たみたいだねっ。僕、小姑《こじゅうと》になっちゃおうかしらん。くふふ。新婚さんいらっしゃーい。邪魔しまくろっと」

瑞人はけらけら笑っている。お嫁にと言われ、慶次はほんのり頬を染めて瑞人を睨《にら》んだ。

「事の仔細は有生から聞いているよ。井伊家に目をつけられたようだね。いずれこうなるだろうというのは、我々も話していた」

一転して重々しい口調で当主に言われ、慶次も顔を引き締めた。隣人が井伊家の末っ子だった話は耀司や巫女様も聞いているらしく、重苦しい空気になる。

「有生、俺が言うまでもないと思うが、くれぐれも慶次君の身辺には気をつけろよ。慶次君、何か困りごとがあったら相談してくれ」

耀司も気になっていたのか、親身になって言ってくれる。

「言われるまでもないっての。っつかさ、慶ちゃんのトラブルメーカーぶりを知ってんの？　マジで腹立つレベルで問題事にぶち当たるんだよ？　俺にヤンデレ気質があったら、とっくに座敷牢に慶ちゃん閉じ込めてるよ？　皆、俺の苦労を知らないでしょ。慶ちゃんのトラブル引き寄せ術はマジですげーんだって」

耀司に注意され、イラっとしたのか有生がべらべらしゃべりだす。確かにいろいろ有生には助けてもらってきたが、そこまで言われるほどではないと慶次は眉を吊り上げた。それに座敷牢に閉じ込めるとは何事か。

「俺はふつうに！　まっとうに生きてるだけだろ！　そんなん言うんだったら助けてくれなくていーし！」

腹が立って言い返すと、耀司と当主、巫女様が一斉に首を横に振る。

「いやいや、慶次君。有生には絶対助けてもらうように。そもそも君がトラブルを引き起こすのは、有生のせいでもあるんだから。有生、お前だって分かっているんだろう。お前が好きにならなければ、慶次君はもっとふつうの人生だったはずだぞ」

耀司に諭《さと》すように言われ、絶対反論すると思った有生がぴたりと口を閉ざした。

「有生兄ちゃんの恋人なんてレアキャラだもん。そりゃ井伊家も目をつけるよねー。本来ならさぁ、僕がターゲットにされてたはずなのに、最近ちっとも僕のほうには来ないのー。ちょっぴり寂しっ」

瑞人も耀司に便乗して、笑って言う。

慶次は困惑して当主を振り返った。言われてみると、以前は井伊一保《いちほ》という井伊家の子が瑞人に近づいていた。

「最初はおそらく井伊家は瑞人を使って、有生を引き込みたいと考えていたのだろう。だが、実際には瑞人が危なくなろうと有生は気にも留めなかったからね」

当主が咳払いして語る。確かに有生は瑞人がどれほどピンチに陥ろうと、毛ほども興味がない。

「向こうはよっぽど有生が欲しいらしい。だから慶次君、君はくれぐれも自分の身の安全を第一に考えてくれ。眷属の大狸様も」

ちらりと当主が慶次の後ろに目をやると、腹の中から一回転して子狸が飛び出てきた。

『ご主人たまのことはおいらにお任せをっ。有生たまと連携して、しっかり守るでありんすよ。安心、安全、安牌《あんぱい》が売りのおいらですからぁ』

子狸はどんと胸を叩いて大見得《おおみえ》を切る。慶次が思うよりも、事態は大ごとになっていたらしい。井伊家は有生を引き込むために、慶次を利用しようとしている。

「そういうわけで、こちらに来てくれたことは我々も歓迎している。よろしくね、慶次君」

当主に微笑みながら言われ、慶次は神妙な顔つきで頷《うなず》いた。

「あのー……こんなこと俺が言うのはおこがましいかもしれないんですが、井伊家の末っ子の柊也は本当にいい奴なんです。多重人格らしくて、井伊家の人間らしい邪悪な時もあるけど……俺は柊也をいつか助けたいと考えています。今の俺じゃ無理だけど、いつかきっと」

慶次は自分の気持ちを当主に伝えたくて、必死に言い募った。井伊家の本家の末っ子である柊也とは、互いの境遇《きょうぐう》を知らないまま知り合った。柊也はボランティアに精を出す爽《さわ》やか好青年で、慶次は井伊家の人間と知らずに友達になった。柊也は多重人格の病を抱えていた。善なる柊也は井伊家の呪縛から逃れたがっていた。

「ふむ……。井伊家の末っ子に関しては聞いたことがある。だが多重人格は本来資格を持つ医師が治すべきものだ。素人《しろうと》が手を出すのは危険だと思うよ」

当主は慶次をやんわりと諭した。

「はい……。それも分かっています」

慶次はうつむいて、声を落とした。

「有生には馬鹿にされるけど、俺は井伊家にもまともな人間がいるって信じたい……。でも俺のせいで討魔師を危険な目に遭《あ》わせるのは困るので、身辺には気をつけます」

自分の気持ちを知ってほしくて、慶次は顔を上げて当主に言い切った。当主も耀司も巫女様も慶次の気持ちを受け止めるように小さく頷いてくれた。本来なら自分の一番の味方でなければならないはずの有生だけが、「うざぁ」と肩をすくめている。

「そんなんだから慶ちゃんはすぐ騙《だま》されるんだよ。そのうち壺《つぼ》とか買いそう。世の中に悪人はいませーん。生まれながらの悪人はいませーんってか。いやいや、いるでしょ。あのね、井伊家に生まれようとその呪縛から逃れる奴はいるの。井伊直純《なおずみ》とか、そうでしょ。あの末っ子、すぐばれるとこに逃げてる辺り、マジで逃げる気ねーし。慶ちゃんはすぐ騙される」

有生にべらべらと畳みかけられて、慶次はこめかみを引き攣らせた。こいつは本当に俺の恋人なのかと自分の選択が恨めしくなる。

「うっさいな！　お前は黙ってろ！　ここはふつー、俺の味方していい雰囲気で終わるとこだろ！」

慶次が有生に飛びかかって首を絞めようとすると、そのまま抱え込まれて肩に担《かつ》がれた。

「まーそーゆーわけでよろしく」

有生は当主たちにひらひらと手を振り、慶次を抱えたまま玄関へ向かって歩き出した。慶次が暴れて文句を言ってもどこ吹く風だ。ともかくこれで挨拶はすんだ。これからここで暮らすのだと思い、慶次は身を引き締めた。

離れに戻って軽い食事をもらい、慶次は一度自室へ戻った。とりあえず挨拶はすませたので、心はすっきりしたが、井伊家のことに関しては気が重くなった。

柊也のことはあれからずっと頭の隅にある。慶次も一応多重人格について調べた。調べれば調べるほどに素人がどうこうできる病気ではないのも理解した。おそらく柊也は井伊家の行っている、悪人に育て上げる教育を受け、心が壊れた。別人格を形成してしまう背景には、今の状態では心が耐えられないという逃避がある。柊也はもう一人の自分を作り出すことで、井伊家で生き残ってきた。それを知り合って間もない慶次に修復できるはずもない。慶次は専門家でもないし、そこまで柊也の人生に責任を持てるわけでもない。それでもいつか、何かのきっかけで柊也が良い方向へいけるなら、全力でそれを応援したいと思っている。

柊也からあれ以来、連絡はない。もともと隣人だったのもあって、連絡先の交換はしていなかった。慶次が引っ越したので、偶然出会う可能性もない。自分や周囲の人を守るために柊也との縁を切るのはかなり寂しかったが、背に腹は代えられない。

「守られるのとか、性に合わないいんだけどなー」

荷解きをしつつ、当主に言われた言葉が重みを増してきてため息がこぼれた。井伊家に狙われているかもしれないということで、慶次の実家には白狐の手下である狐が常に配置されている。慶次の実家にまで手を出さないと思うが、何をするか分からないので、自警する必要があった。

(それにしても何でそこまで有生を欲しがるんだろう？)

慶次は嫌な気分になって、段ボールから本を取り出した。

同居するにあたって慶次にあてがわれたのは、八畳ほどの和室だ。部屋の隅にはまだ引っ越しの段ボールが三箱置かれている。押し入れに布団とふだん使わないものをしまい、段ボールを開封して荷物をラックに整理して収めていく。子狼二体は、狐にさらわれてどこかへ連れていかれた。以前子狸も連れていかれて綺麗になっていたので、あまり心配はしていない。

『ご主人たまは、ヒーロー志望ですもんね。小さい頃にはまった特撮を大きくなっても忘れられないタイプですぅ。でも実際、ご主人たまはヒロイン枠なので、守られてなんぼですよぉ。スパダリ有生たまに愛されて、けなげにがんばるヒロインを演じてほしいですぅ』

子狸は横でハートを散らして訳の分からないことを言っている。

「はぁ？　何で俺がヒロインなんだよ。俺は男だろ。確かに特撮大好きだし、小さい頃は大きくなったら変身すると思ってたよ。だから討魔師に憧れたわけだし……」

幼い頃に妖魔を倒す討魔師を見て、いつか自分もそうなりたいと願った。その討魔師は実は有生だったのだが、今でもあの時脳裏に焼きついた有生の格好よさは忘れられない。

「慶ちゃん、まだ荷物片付かないの？」

段ボールから本を取り出して棚に並べていると、有生がノックもなしに部屋に入ってくる。

「えー。っつか、これ持ってきたんだぁ……。呪いの人形」

棚に飾ったフィギュアを見つけて、有生がうんざりしたように言う。

「呪いの人形じゃねーし！　ファンも多いんだぞ！」

自分の好きなキャラクターをけなされて目を吊り上げると、有生が「うわぁ……」とドン引きして慶次の横にあぐらを掻く。

「慶ちゃんの趣味わるー。美的感覚がおかしいよね、ホント」

棘《とげ》のある言い方をする有生にムッとして、慶次はにやりとした。

「そうだな、お前を好きになったくらいだからな！」

こう言えばぐうの音《ね》も出まいと思い言ったのだが、有生は何故か照れたように慶次の肩に腕を回してくる。

「可愛い慶ちゃん」

慶次としては有生に嫌味を言ったつもりなのに、浮かれたように頬に何度もキスされ、こちらが絶句した。有生の思考回路は昔からよく分からないが、最近ますます難解になった。

「俺が慶ちゃんのことは守るから安心して」

有生に抱き寄せられ、額やこめかみ、鼻先にまで音を立ててキスされる。有生が浮かれている。いつも変だが、今日は特に情緒がおかしい。

「あのなぁ、俺は男なんだから守られる必要ねーって。当主も耀司さんも心配しすぎだよ。もちろん、俺だって危険な目に遭うのは嫌だから、気をつけるし」

勘違いされては困るので、慶次は有生の顔を押しのけ強めに言った。危ない時は手を借りるかもしれないが、男で、成人していて、討魔師でもある自分がか弱いキャラクターと思われては困る。

「はは。何言ってんの。俺も考えたよ、父さんや耀司兄さんに言われてね。二人の言う通り、慶ちゃんは井伊家にとって本来眼中にもなかった子だったのに、俺のせいで、無駄に優秀で能力の高い俺のせいで、小粒な慶ちゃんが目をつけられちゃったんだもんね。ホント、ごめんね。井伊家にとって視界にも入らない人間だったのに……」

ニヤニヤしながら言われて、慶次もかちんときた。

「誰が小粒だ！　悪かったな！　あーあー、そりゃあいつらにとって俺は眼中にもなかった小物ですよ！　だとしても言い方ってあるだろ！」

目を吊り上げて有生に飛びかかると、きゃーとわざとらしい悲鳴を上げて有生が引っくり返る。

「俺、耀司兄さんと同じこと言っただけじゃん。何でそこまで怒る？」

有生の上に馬乗りになって摑みかかろうとすると、両手を組まれて押し合いになった。からかうように言われて、慶次は歯を剝《む》き出しにして有生の手を床に押しつけようとした。

「同じじゃねーだろ！　当主と耀司さんは親身になって俺を心配してくれてたぞ！　お前は俺を馬鹿にしすぎっ」

怒鳴りながら必死に力を込めたが、有生は薄ら笑いを浮かべつつ、慶次と力比べをしている。上から押すほうが有利なはずなのに、ちっとも負けていない有生に腹が立つ。

「ぐぎぎ……、くっ、やるな有生っ」

渾身《こんしん》の力を込めて慶次が有生の手を押すと、不敵な笑みを浮かべた。

「慶ちゃんこそ、がんばるね……。あ、誰か来たみたい」

有生がふっと玄関のほうに視線を向ける。思わず「えっ」と集中が切れたとたん、有生が上半身を起こして体勢を反転させられた。いつの間にか床に転がっているのは慶次になり、あっという間に床に両手を縫い留められる。

「慶ちゃんと一緒に暮らせて嬉しい」

上から見下ろしてくる有生が囁く。その顔がスーッと近づいてきて、唇にちゅっとキスをされた。さっきまで憎まれ口を叩いていたのに、急に甘い空気を出すのはやめてほしい。

『ふぉおおー、壁ドンならぬ床ドンからのチューッ。やっぱり有生たまはスパダリのなんたるかを心得ているですぅ。ご主人たまも赤くなってきらきらムーブかましてるし、これはもうっ、動画に撮って全世界に発信したい尊さですぅ』

積まれた段ボールの陰から覗いていた子狸が、興奮して言う。

「邪魔」

有生が子狸を振り返って、冷えた声を出す。とたんに子狸はぼっと毛を逆立て、すごすごと部屋から出ていった。

「お前なぁ……」

有生に文句を言おうとしたが、続く言葉はキスでふさがれた。有生は手を離し、慶次の背中に腕を回して、唇を奪ってくる。

「ねぇ、今日は慶ちゃんと一緒に暮らし始める日でしょ。荷解きは明日にして、エッチしよ」

有生がうっとりしたように笑みを浮かべて、首筋や頬にキスを散らしていく。最初は抗議しようと思ったが、あまりにも有生が幸せそうに笑うので何も言えずに大人しく腕に抱かれた。

「いいけど、その前に同居のルールを決めようぜ。こういうのは最初が肝心だからな！」

有生と抱き合うのもいいが、これから一緒に暮らすにあたって、きちんとルールを決めたいと思った。なぁなぁで暮らすのは、だらけてしまいそうで嫌だ。

「ルールぅ？　いらなくね？　俺、ルールって言われる時点で破りたくなる。ちなみにどんなの？」

慶次の提案は有生にとって鬱陶《うっとう》しいものだったらしい。あからさまに面倒そうになった。

「家事は分担とか、風呂掃除は俺とかさ……」

慶次は思いつく決めごとを口にした。

「そーゆーの全部、狐がやるから決める意味なくね？」

さらりと言われ、慶次はハッとした。そういえばここに居る時はいつも緋袴の狐が世話を焼いてくれていた。家事をしなくていいのは楽だが……。

「それでいいんだろうか……？　俺、狐さんたちにとってはついでだよな？」

有生が狐に世話を焼かれるのはいいとして、慶次は狐たちにとって居候《いそうろう》のようなものだ。仕事が増えるわけだし、狐に嫌われたらどうしようと不安になった。

「別にいいんじゃね？　そもそもやれって言ってないけどやってくれてるし。狐いっぱいいるし、問題ないでしょ。他に決めたいルールとかあんの？」

有生は早く慶次とセックスがしたいらしく、髪の匂いを嗅《か》いで顎《あご》をぐりぐり押しつけてくる。

「えっとー。うーん……あっ、家族とか友達を呼んだらまずいよな？　合鍵はもらったけど、そもそもこの家、鍵かけてることある？」

腕を組んで決めたいことをひねり出し、慶次は指をパチンと鳴らした。有生の家は何か術でもかかっているのか、有生が拒否した相手は辿り着けない仕様になっている。瑞人は一人だとこの家に来られない。

「あールールってそーゆーこと。家族はいいけど、血の繋がりがないのは家に入れてほしくないかな。俺も言いたいことあった。浮気は駄目」

真顔になった有生が慶次の頬をむにゅっと引っ張ってくる。

「他の男としゃべっちゃ駄目。他の女としゃべっちゃ駄目」

続けて有生に言われ、慶次は呆れて口を開けた。

「お前、どんな束縛系彼氏だよ？　そんなの守るわけないだろ。っていうかそれって同居のルールと関係ない。あと浮気はしないって。俺がそんな不誠実なことするわけないだろ」

ムッとして慶次が唇を尖らせると、有生がその唇を指で挟んでくる。

「じゃあ、俺に心配させるようなことしないで。俺、嫉妬《しっと》深い狐だから、慶ちゃんが誰かに優しくしてるとイライラする。常に俺のこと一番に考えて」

むにむにと唇を弄《いじ》っていた有生の指が、するりと口の中に入ってくる。愛されているなぁと感じる発言に、慶次はつい口の中に入った指を銜《くわ》えた。有生と目が合って、じーっと見つめられる。端整な顔立ちの有生に見惚れ、慶次は口をぱかっと開けた。すると有生が指を抜き、吸い込まれるように近づいてきた。唇が重なり、開いている口に有生の舌が潜《もぐ》り込んでくる。舌と舌が絡み合い、口づけが深くなっていく。

「ん……っ」

口内に入ってきた舌であちこち舐められ、つい詰まった声が漏れた。舌を絡ませるようなキスをしている時、有生はたいてい慶次の胸元を愛撫してくる。Ｔシャツ越しに乳首をカリカリと弄られ、慶次は吐息の合間に甘い声を漏らした。

「ん、ん……っ、はぁ……」

音を立てて歯列を辿られ、舌を吸われ、Tシャツ越しに胸を弄られる。布越しに乳首が尖るのが分かり、息遣いも乱れてきた。有生のキスはしつこいくらいで、口元がどろどろになるし、頭がぼーっとする。おまけに乳首は有生に開発されていて、すぐに下半身に直結する。

「慶ちゃん……、気持ちよくなってきた？　可愛いね、ぽーっとしてる。乳首、気持ちぃーね」

布越しに硬くなった乳首をぎゅっと摘《つま》まれ、びくっと大げさなくらい身体が反応する。濡れた唇を拭《ぬぐ》っていると、有生が布の上から乳首に吸いついてきた。

「や……っ、あっ、ゆ……ゆうせ……、ひんっ」

唾液で濡らした布越しに、乳首を噛まれる。じわっと身体の奥が甘くなり、変な声が漏れた。有生は両方の乳首を布越しに愛撫し、慶次の身体をとろとろにする。

「はは……、このダサT……つい笑っちゃう」

有生は愛撫の途中で肩を震わせ、強引に慶次のTシャツを脱がせてきた。上半身剝き出しにされ、慶次は心もとなくて自分の身体を抱きしめた。

「ここでやるのか……？」

ズボンの中で慶次の性器はとっくに勃起している。とはいえ、この引っ越し作業中の部屋で最後までやるのは気が進まなかった。

「ベッド行こ」

有生は慶次の腕を引っ張って立たせると、髪に口づけて言う。

「その代わり明日手伝えよな」

荷解きの邪魔をされたので、それくらいはしてもらわないと気がすまない。慶次が赤くなった頬でそっぽを向くと、有生がちゅっと頬にキスをする。

「いいよ。俺の気に入らないものは捨てるかもしんないけど」

手を握って有生の寝室に連れていかれる。それだけは絶対やめろと文句を言って、慶次は有生と共に大人しくベッドにもつれ込んだ。

有生が服を脱ぐ傍《かたわ》ら、慶次もズボンを脱ぎ去る。互いに裸になってベッドに横たわると、有生が直接乳首に吸いついてくる。舌先で乳首を弾かれ、手でもう片方の乳首をコリコリと弄られる。慶次が有生の髪をまさぐると、歯で乳首を引っ張られた。

「ひ……っ、あ……っ、やだ、それ、や……っ」

敏感になっている乳首を歯で触られると、鋭い痛みに似た快楽が腰に伝わってくる。宥《なだ》めるように濡れた舌で舐められ、また歯で確かめられる。びくびくっと腰が震え、怖いのか感じているのか分からなくなる。両方の乳首を執拗なまでに責められ、慶次はシーツを乱した。

「慶ちゃんの乳首……、感じやすくて可愛いね。ほら、もうどろどろ」

乳首への愛撫で、性器からは先走りの汁があふれている。自分でも恥ずかしいくらい、乳首で感じてしまう。

「言うなよぉ……」

潤んだ目で睨むと、有生が唇を歪めて、きゅっと強めに乳首を摘む。それに思わず仰け反《のぞ》って喘いでしまい、有生が吐息を吹きかけてきた。

「あーマジで今すぐぶち込みたい」

興奮した息遣いで有生が用意しておいたローションを取り出す。

「慶ちゃん、うつ伏せになって」

有生はローションの蓋を開け、乱れた息遣いの慶次を引っくり返した。シーツに尖った乳首が当たって、そんな些細な刺激にも腰が揺れる。有生は慶次の尻のはざまに直接ローションを垂らしてきた。少しひやりとして、汗ばんだ身体に気持ちいい。

「慶ちゃん……、指入れるよ」

慶次の肩や背中にキスをしながら、有生がローションを伴った指を尻のすぼみに入れてくる。ぬるついた液体が尻の穴に注がれ、長い有生の指が内壁を広げる。最初は未だに緊張するが、慣れた身体は有生の指を難なく受け入れる。

「今日はたくさん愛してあげるからね。ここ……、入れっぱなしにしてもいいね」

慶次の尻の穴に入れた指を動かし、有生がうなじを吸う。痛いくらい吸われて、赤い痕が残っていく。有生が指を動かすたびにくちゅくちゅと濡れた音がして、慶次はぴくんと身じろいだ。

有生の指は感じる場所をわざと避けて、深いところまで潜ってくる。増やした指で内壁を広げられ、ふだんは閉じている穴が外気にさらされる。

「入れっぱなしとか……やだ、明日立てなくなるだろ……、ん……っ、ふ、は……っ」

指を出し入れされて、時々声が裏返る。有生は肩甲骨やわき腹にまで唇で痕を残すような愛撫をする。慶次がひくひくしていると、いつの間にか指が三本に増え、少し強引に穴を広げられる。

「帰る必要ないんだから、もういいじゃん……？　ほら、ここ」

ふいに有生が入れていた指をぐりっと動かす。それまでわざと触らなかったくせに、急に前立腺の辺りを押されて息が止まった。

「ひ……っ、は……っ、はぁ……っ」

有生の指がぐりぐりと感じる場所を押し上げてくる。じわーっと内部から快楽が広がってきて、腰に力が入らなくなる。ぐっ、ぐっと奥を押され、慶次は鼻にかかった声を上げた。

「あ、そうだ。こっちもね」

有生が思い出したようにシーツの中に空いているほうの手を差し込み、慶次の下腹を押してくる。

「ひあ……っ、ああ……っ」

腹の上から手で押され、慶次は甲高い声を上げた。中と外から感じるところを押され、強烈な快楽に襲われる。

「よかった、ちゃんと覚えてたね。慶ちゃんは優秀だな。乳首はもろ感だし、こっちの穴は女の子みたいになってるね。それに……お腹押されて気持ちいいのも、覚えてた」

有生が嬉しそうに中に入れた指を動かしつつ、腹をとんとんと揺らしてくる。下半身がぐずぐずになって、溶けてしまいそうだった。銜え込んだ有生の指をぎゅーっと締めつけてしまう。

「はは、耳出てきた」

ぐちゃぐちゃと音を立てて奥を弄りながら、有生が嬉しそうに言う。いつの間にか慶次に獣の耳が飛び出ていた。眷属を宿しているせいか、セックスで理性を失うと耳が出てくるのだ。

「や……っ、はぁ……っ、ああ……っ、お腹……押さないで」

シーツを乱して慶次が悶《もだ》えると、有生がよりいっそう興奮した息遣いで、内部をぐりぐりと押してくる。お腹を撫で回され、感じる部分をぐーっと押される。

「イきそうなの？　慶ちゃん……、イっていいよ……？」

有生に耳元で囁かれ、達したくなかったのに、びくびくっと背筋を反らして絶頂に達した。まだ指しか入れられてなかったのに、深い余韻が身体を包み込む。

「あ……う……」

慶次がだらしない顔で息を乱すと、有生が耳朶《じだ》をしゃぶってくる。

「気づいてる？　慶ちゃん、今メスイキしてたよ……？　ほら、精液出てない」

耳朶を食《は》みつつ、有生が性器を撫でる。はぁはぁと息を乱し、慶次は怖くなって下腹部へ目を向けた。有生の言う通り、慶次は射精していない。けれど絶頂直後の感覚がある。

「すごいね、慶ちゃん……。すげーやらしー身体で興奮する……。今夜、何回くらいイけるのかな？　メスイキなら何度でもイけそうだね」

中に入れたままの指を引き抜き、有生が勃起した性器を押しつけてくる。耳元で煽られるような言葉を言われ、慶次は真っ赤になって目尻に涙を溜めた。有生とするセックスは好きだが、自分の身体がコントロールを失っていくのは怖い。今も、ゆっくりと有生が硬くなった性器を背後から押し込んでくるのに、身体の奥が悦《よろこ》んでいるのが馴染めない。

「あー……慶ちゃんの中、気持ちいー……」

横になった状態で身体を繋げ、有生が慶次の身体を抱きしめてくる。硬くて長いモノを身体の内部に押し込まれ、自然と息が激しくなる。どくどくと脈打つそれは、慶次から理性を奪う。

「はぁ……っ、はぁ……っ、ひゃ……ぁ」

有生は慶次の片方の足を持ち上げ、緩やかなテンポで腰を揺さぶってきた。身体が有生に馴染んでいき、奥を突かれて涙が出そうなほど気持ちいい。有生は慶次の髪の匂いを嗅ぎながら、ゆさゆさと腰を動かす。

「はぁ……乱暴にしないようにするの、大変なんだよ？　ホントは、入れたらすぐガンガン突きたいんだからね？」

息を喘がせながら有生が怖いことを言っている。気づいたら有生にも耳が出ていて、快楽で理性が飛びかけているのが分かる。

「今日……久しぶりに結腸責めしていい？」

耳朶を甘噛みしながら聞かれ、慶次は急いで首を横に振った。

「だ……駄目、絶対駄目……っ、あっ、あっ、あっ」

奥のさらに奥まで有生の性器が入ってくると、前後不覚になって明日立てなくなるどころではない。ただでさえ深い奥まで入れられて怖いのに、それ以上、奥へ入れられたくない。

「五回くらいイったら、慶ちゃんも、うんって言うかな……？　慶ちゃん、中でイきやすくなったから、すぐだね」

動くリズムが速くなり、慶次は嬌声《きょうせい》を上げながら身をくねらせた。有生の性器は奥を突きながら、どんどん内部を熱く蕩《とろ》けさせる。ずぼずぼと卑猥な音が繋がっているところから響いて、耳から刺激を与える。有生の性器はものすごく硬くなっていて、それで奥を突かれると、あられもない声がひっきりなしに漏れる。

「やぁ、あぁ、あっ、ひっ、あっ、んっ」

何度も何度も律動され、覚えのある感覚がまた襲ってくる。有生は慶次の胸元に手を伸ばし、乳首をコリコリと弄る。乳首と奥を同時に愛撫され、慶次は無意識につま先をぴんと伸ばした。

「はぁ、気持ちい……、慶ちゃん、またイきそうになってる……。奥、びくびくしてきたね。ちょっと、体勢変えるよ」

有生の息も乱れてきて、射精が近いのが分かった。有生はやおら身体を起こし、慶次の背中に

伸し掛かってきた。

「寝バックだと、奥までいくでしょ……？　一回目でだいぶ奥柔らかくなってきた。一時間くらいしたら、結腸まで入るかな」

有生はそう言うなり、慶次の腰を押さえつけて強引に奥を突き上げてきた。

「ひあぁ……っ、ひっ、あっ、あっ、待って、やだ、あああ……ッ！」

先ほどまで優しかったのに、いきなり激しく奥を突かれ、慶次は室内に響き渡る声で喘いだ。荒々しい息遣いになり、押し寄せる快楽に抵抗できない。

「イきそーだね……？　ほら、イけよ」

有生にずんと奥を突かれ、それが引き金になったみたいに射精していた。深い快感が頭からつま先まで抜けていく。

「ああ……あ、あ……っ、ひ……っ、は……っ」

全身がぶるぶるして、快楽に身悶えた。銜え込んだ有生の性器を締めつけたせいで、有生も甘い声を上げて内部に精液を注ぎ込んでくる。

「はー……、精子搾《しぼ》り取られた……。すげぇ気持ちいい……」

はぁはぁと息を荒らげ、有生が抱きしめてくる。今夜はどうなってしまうのだろうかと怯え、慶次はぐったりとシーツに身を横たえた。

■2　鬼の霍乱《かくらん》

　有生と暮らすようになり、生活は一変した。これまでやっていた家事が一切なくなったのだ。慶次としてはもちろん家のことをやるつもりだったのだが、ここには狐がたくさんいて、慶次がやる前に何もかもやってしまう。正直に言えば慶次の作る不味《まず》い料理より、狐の作ってくれた栄養バランスのとれた美味しい食事のほうが何倍もいい。どの部屋もチリ一つないし、シャツはいつもアイロンがけされている。

「俺は……ここにいると堕落《だらく》する……」

　住み始めて三日目で、慶次はつやつやになった頬を撫で、恐怖を抱いて言った。今まで何度も泊まっていたが、あくまでお客さんという立場だったし、厚意にありがたく甘えていた。けれどこのままずっとここで暮らしていると、上げ膳据え膳で、まるでホテル暮らしだ。実家にいた頃より生活の質がアップしているし、もしここから出ていくことがあったら、絶望しかねない。

『ふー。確かにここにいると快適すぎて危険ですぅ。ご主人たま、やることがなくて裏山を走るくらいしかすることないですもんね』

慶次と同じくつやつやの毛並みになった子狸が、畳の上にだらっと寝そべって言う。

『ここは天国！　最高、最上、俺様にふさわしいっ、俺は神っ、俺が掟《おきて》っ』

陽気な子狼も狐たちに綺麗にされて、調子に乗りすぎてやばいことになっている。

『ここは怖い……皆優しくて怖い……本当は裏で陰口言ってるんだ……、笑顔の裏で舌打ちしているんだ……僕が好かれるわけない……』

陰気な子狼はひたすらネガティブモードになって、隅っこで固まっている。

「有生、慶次、いるかい」

居間で暇なあまりぼーっとしていると、庭から巫女様の声がする。

「あ、巫女様。何かありましたか？」

ウッドデッキに出て慶次が応《こた》えると、庭に入る木戸を開けて巫女様がとことこと近づいてくる。

「有生はまだ寝てますけど」

慶次が膝を折って目線を合わせると、白い割烹着《かっぽうぎ》を着た巫女様が「もう昼じゃが」と呆れる。

「来週、夏至の試験があるでな。有生に立会人を頼もうと思って来たのじゃ。暇ならお前さんも何か手伝うか？」

夏至は一年でもっとも昼間が長い日だ。討魔師の試験を行う日でもある。

「えっ、いいんですか！　俺も手伝いたいです！」

かつて自分も通った道なので、慶次はがぜん張り切って言った。まだ新人の部類にいる慶次には、試験の手伝いなんて早いと思っていた。

「助かるよ。今年の試験内容は三日前に神託を聞いて決めるでな。くわしい話は日曜にでもするから、その日は夕飯を食べに来るといい」

「分かりました！　有生と行きます！　あと何かやることないですか？　雑用でも何でもするんで」

慶次が意気込んで言うと、巫女様が顎を撫でる。如月と組んでやる仕事がなくなり、慶次は次の相手が決まるまで暇になった。討魔師の仕事は一定の給料額に、こなした仕事の量で金額が上乗せされるので、今月の慶次の給料は低いことが決定している。

「そうかい？　それじゃ中川《なかがわ》の仕事を手伝ってくれんか？　うちで一番忙しいのはあいつじゃからな」

「分かりました！」

中川は弐式家の目付け役だ。経理関係や仕事の調整は中川がやっていると聞く。慶次は巫女様と一緒に行こうと、部屋の中に戻って有生を呼んだ。ノックをしてから寝室に入り、まだベッドの中にいる有生の身体を揺らした。

「有生、俺、ちょっと母屋に行ってくるな。あと、夏至の試験の立会人を頼むって巫女様が言ってたぞ」

有生は眉根を寄せて寝ていて、慶次の呼びかけに答えない。昨夜も有生にせがまれて二度、三度と身体を重ねたが、朝早く起きられた慶次と違い、有生はずっと寝ている。

「うう……うー……」

裸のまま寝ている有生は、夏掛けの上布団を身体に巻きつけ、まともな言葉を発しない。前から朝は弱かったが、慶次がここに来てから毎日昼まで寝ている。

「行ってくるからな！」

まったく目を開けない有生の耳に大声で告げ、慶次は家を出た。庭先で待っていた巫女様と合流し、母屋へ向かう。

（ちょっと寝坊しすぎだよな、あいつ。しばらくエッチ禁止にしようかな）

午前の時間こそ大切にしたいのに、これでは有生の生活も堕落してしまう。今夜こそ誘いを断ろうと決意し、慶次は中川の指示の下、雑用をこなした。

この時はまだ、軽い気持ちだった。有生が時間にルーズなのは今に始まったことではなかったからだ。これが有生の不調の予兆だったとは、この時の慶次は知る由もなかった。


夏至の試験前日の昼間、慶次は有生と共に母屋にいた。客間には巫女様と耀司、瑞人がいる。有生はつい先ほどまで寝ていて、慶次が無理やり起こして連れてきた。ここのところずっと寝てばかりいて、食事もろくにとっていない。眠り男と化した有生は、今も畳の上で大の字になっている。

「明日の夏至の試験じゃが、自分に与えられたものと同じ番号を山の中から探し当てる試験にあいなった。お前たちは各自番号を裏山に隠してきておくれ」

巫女様は和紙で作られた紙の束を慶次たちに見せた。手のひらサイズの四角い和紙には、それぞれ筆で番号が振られている。三百枚あるそうで、慶次と耀司、瑞人がそれぞれ百枚ずつ受け取る。

「懐かしいな、俺の時もこの試験だった」

慶次は自分の試験時を思い出して目を細めた。真っ暗な中、自分の番号を探して裏山を走り回った記憶が蘇《よみがえ》る。今思えば、これだけの枚数の中、自分の番号を引き当てたのは幸運以外の何物でもない。

「っていうか有生の分は？」

横になって寝ている有生の役割がないのに気づき、慶次は首をかしげた。

「有生は立会人を務めるから、配る役目は免除じゃ。それじゃ頼むよ」

巫女様は寝ている有生にはあまり期待していないようで、あっさりしたものだ。瑞人は和紙をぺらぺらめくり、にゃーっと笑う。

「くふふ……僕、難しい場所に隠しちゃおっと。今年の試験は受かる人いないかもぉ……」

瑞人が暗い笑みを浮かべ、横で聞いていた子狸が『暗黒神が降臨してるですぅ』と毛を逆立てる。

「それじゃ行ってくるか。……それにしても有生は大丈夫なのか？」

寝てばかりいる有生が気がかりなのか、耀司はちらりと視線を向ける。

「はぁ。マジでずーっと寝てるんですよね……」

眠りが深すぎるので性行為は禁じているのに、それでも有生の眠りは毎日深い。異常なほどだ。よほど疲労しているのかと思いきや、特に立て込んだ仕事をしていたわけでもない。

「有生、ちょっと行ってくるからな」

しかめっ面《つら》で寝ている有生に一応声をかけて部屋を出ようとすると、呻《うめ》き声を上げて有生がのっそりと起き上がった。

「うー……。俺も行くぅ……」

眠そうな目をしたまま有生が這ってきて、慶次は足を止めた。

「大丈夫か？　眠いんだろ？　お前の仕事なかったし、寝てていいぞ」

慶次が駆け寄って有生の肩に手を置くと、がしがしと頭を掻きむしり有生が立ち上がる。

「いや……行く。歩いてりゃ寝ないはずだし……」

有生はそう言いながら慶次の肩に腕を回し、どんよりした様子で歩き出す。最初はただの睡眠不足と思っていたが、どうも尋常ではない。

「なぁ、お前どっか悪いんじゃゃ？　ふつう十何時間も寝ないだろ？」

眠りすぎる病気というものがあるかどうか分からないが、それにしても異様なほど眠気に襲われている。母屋を出ながら有生を窺《うかが》うと、だるそうに寄りかかられた。

「んー……」

有生の返事は煮え切らない。ともかく与えられた仕事をこなそうと、慶次は有生を引っ張りながら裏山へ向かった。耀司と瑞人が山の右側へ行ったので、慶次は左側へ足を進めた。有生はしばらく山道を歩いていると少し眠気がとれたのか、慶次から身体を離して歩き出した。慶次は一枚一枚心を込めて、枝に刺したり、木のくぼみに隠したりした。

「懐かしいなぁ。あん時はドキドキしたなぁ……」

慶次は試験の夜を思い返し、あくびをしている有生を振り返った。

「崖に落ちそうになったとこ、お前に助けてもらったよな。あの時はお前を毛嫌いしていたからお礼言ってない。今さらだけど、ありがとな！」

慶次は改めて有生に感謝の言葉を述べた。慶次の番号は崖のところに引っかかっていて、それを取ろうとした慶次はあやうく滑落するところだったのだ。

「ふぁ……。あれね。慶ちゃんのくじ運の悪さにウケるよね。あんなとこにあるってことは、討魔師になれないって意味だったのにね。それを根性でもぎとるんだから、慶ちゃんの雑草魂はあなどれないよね」

有生はあくびを連発して言う。討魔師になれないという意味だったなんて知らなかった。ショックも大きいが、無理してよかったという安堵の気持ちも湧いた。

あの時の試験を思い出すと、どうしても心に過《よぎ》る思いがある。慶次と一緒に試験を受けた縁戚の中に、健《たけし》という父の兄の息子がいた。慶次より一つ年上の従兄弟《いとこ》は、二度目の試験に受からなかった。翌年も試験を受けたようだが、結局駄目だったと嬰子《えいこ》から聞いている。討魔師になるための試験を受けられるのは三度までと決まっているから、健は討魔師になる道を断たれた。

「なぁ、有生。討魔師の試験に落ちるって……やっぱ何か意味あるのか？　霊感がないと受からないとか？」

慶次は健を思い出してしんみりとして尋ねた。試験内容はその年によって違うが、霊感が強い者は受かっている確率が高い気がする。

「霊感の有無は関係ないよ。どっちみち眷属と契約したら、視えない世界も視えるようになるし。落ちるのはね、討魔師になっても意味ない奴とか、性根が駄目な奴」

有生は何でもないことのように言う。

「え、でも……性根って。お前、なれてるじゃん……？」

素朴な疑問を抱いて慶次が言うと、有生が振り返って慶次の両頬を引っ張った。

「いひゃい！」

本気で頬を引っ張られ、慶次は痛くて有生の手を振り払った。有生は恐ろしい目つきで見下ろしている。

「ふーん……慶ちゃんって俺のことそんなふうに思ってたんだぁ……？　マジで性根が駄目な奴になってやろうか？」

凄みのある目で威圧され、慶次は急いで背筋を伸ばした。

「いやっ、俺の失言でしたっ。そのままでいいからっ！　ありのままの有生が最高！」

これ以上有生がひどくなったら目も当てられない。必死に慶次は愛想笑いをして、有生の機嫌をとった。

「言っとくけど、俺ら人間の観点と、眷属や神様の観点って違うことが多いよ？　人間の良し悪しとかさぁ」

有生は慶次の手から四十九と書かれた和紙を抜き取り、山道脇にあった地面のくぼみに埋めた。ご丁寧に、その上から土や落ち葉を被《かぶ》せている。

「えっ、そんなことしていいのか？　その番号の人、可哀想すぎる」

慶次が驚いて言うと、有生は口笛を吹いて「いいの、いいの」と歩いていく。

「全部終わったー？」

頂上まで登り、すべての番号をあちこちにばらまき終えると、有生が眠そうに目を擦って言う。

「うん、終わった。下りよう」

なんだかんだと三時間くらい山の中で過ごしていた。ペットボトルの水くらいしか持ってきていないので、腹が空いてきた。今日は母屋で夕飯を食べることになっている。

「はー。だりー。ねみー」

有生は山道を歩いていてもあくびをして、眠そうだ。明日は夏至で試験があるのに大丈夫だろうか。だるそうな有生の背中を押して山道を下り、慶次は明日は多くの合格者が出るようにと祈った。


夏至の試験の当日、慶次は有生を起こすのに一苦労していた。夕刻になってもまったく起きない有生を揺さぶり、引っ張り、鼻を摘み、頬を叩き、あらゆることをして目を覚まさせた。一時間の格闘の末やっと目を覚ました有生に、薬局で聞いて一番効くと言われた眠気覚ましのドリンクを与えた。それでも有生は寝ぼけ眼《まなこ》で、本当に何かの病気ではないかと心配になる。

今回の夏至の試験は夜九時から行われる。慶次の時は日付が変わる真夜中から山に入ったが、今回は時間を早めてやることにしたようだ。今年の立会人は有生とベテラン討魔師二人の計三名で行われる。

スーツに着替えた有生を無理やり母屋へ連れていくと、駐車場には多くの車が駐まっていた。今回の夏至の試験には男女二十名ほどが参加するという。母屋の玄関から中へ入ると、広間には縁戚の者が集まっていた。知っている顔も知らない顔もいる。その中に、慶次がふだんから仲良くしている伊勢谷柚《いせやゆず》がいた。慶次が廊下から手を振ると、気づいて駆け寄ってくる。

「慶次。相変わらず性悪狐と一緒か？」

柚が天使のような笑顔で毒舌を吐いてくる。柚は二つ年上の親戚で、色白で小顔ではっきりした目鼻立ちをした綺麗な顔の青年だ。柚は一度討魔師として働いていたのだが、とある事件で眷属と離れることになり、資格を剝奪《はくだつ》された。試験を受けられるのは生涯三回までと決まっているから、柚は今回が最後の挑戦だ。

「柚、参加するんだな。がんばれよ！」

慶次が激励すると、柚は気負った様子もなく笑っている。

「俺の心配はいらないよ。それより……こいつ、おかしくない？　何か魂抜けてるような」

柚は慶次の横でぼーっとしている有生を見て、首をかしげる。確かにいつもなら柚の毒舌に有生が応酬するところだ。有生は眠気と闘っていて、柚の毒舌もおそらく聞こえていない。

「あーいや……ちょっと」

立会人を務める有生が眠くて大変だという話はできなくて、慶次は言葉を濁した。

「と、ともかくがんばってくれよ！」

柚にはっぱをかけて、慶次は有生の背中を押して奥の間へ向かった。試験参加者以外が集まっている奥の間へ声をかけて入る。奥の間では久しぶりに会う親戚同士で話が弾んでいた。

「慶次君、有生さんを連れてきてくれてありがとうございます」

慶次が入ると、中川が気づいて近寄ってきた。目付け役の中川は眼鏡をかけた青年だ。生真面目そうな顔つきのまま、有生を見て、ふと首をかしげる。

「今日の有生さん、どうしたんですか？」

中川に耳打ちされて、慶次は「眠さマックスで」と小声で答えた。

「ああいや、そうではなく……。いつもの物騒なオーラがないから。まるでふつうの人みたいです。眠いせいですかね？　だとしたら、いつもこうだといいのに」

中川に指摘され、慶次は目を丸くした。慶次は気づいていなかったが、有生から負のオーラが消えていたようだ。確かに通常なら、有生が廊下を通り過ぎるだけで、周囲の人がざわっと警戒心を露にする。けれど今日は誰も気づかなかった。

お堂では、あらかじめ呼び出された討魔師が集まって、今日の試験が滞《とどこお》りなく進むよう前祓いの儀を行っているそうだ。有生は立会人なので参加しなくてもいいらしく、座布団に座らせたが、横になると絶対起きないと思い必死に摑んで支えておいた。

「有生、大丈夫か？」

近づいてきた耀司も、有生を見て心配げな顔つきになる。

「すげー……ねみぃ……」

当の有生は、ひたすら眠そうでうつらうつらしている。携帯していた眠気覚ましドリンクをもう一本、無理やり口に押し込むと、少しだけ覚醒した。

「慶ちゃん、このドリンク何本も飲んで平気なの？」

ドリンクが不味かったのか、有生はうげぇと顔を顰《しか》めている。一日一本までと書いてあるのは内緒にしておこう。

「お役目のために、がんばってくれよ。ほら、ガム嚙んで」

有生の口に眠気すっきりという謳《うた》い文句のガムを放り込み、はらはらしながら見守る。この調子では試験が始まる前に寝てしまう。何とかして起こしておかないと。

「……昔もこんなことがあったような」

眠くて仕方のない有生を眺め、耀司が呟く。慶次が気になって耀司を覗き込むと、お堂から巫女様がやってきて、手を叩いた。

「ほれ、もう刻限じゃ。試験を始めるぞ」

巫女様は中川が用意した木箱を受け取り、試験参加者が集まっている広間へ向かう。この先はついていけなくて、慶次は有生に「寝るなよ！」と声をかけてその場に居残った。有生は耀司に引っ張られて廊下を歩いている。

「……なぁ子狸。あいつ、大丈夫かな？　っつうか、何であんな眠いの？」

慶次は疑問を子狸に投げかけた。すると腹の辺りから子狸がぽんと出てきて、慶次の頭の上にひらりと乗る。

『有生たま、魂が別次元へイってるでありますぅ。スピ的に眠くてたまらない時は、霊界の情報をダウンロードしてるそうでありますよぉ。信じるか信じないかはあなた次第ですぅ』

子狸にどこかで聞いたようなフレーズを言われ、呆れて顔を顰めた。とりあえず有生を送り届けるところまではしたので、あとは無事に試験が終わるのを待つのみだ。奥の間には長テーブルが置かれ、たくさんの料理が載っている。当主の後妻の由奈と、使用人たちが汚れた皿を片付けたり新しい料理を運んだりと忙しそうだ。

「お、慶次君」

空いている席に座ろうとすると、ちょうど横にいたのが弐式和典《かずのり》だった。和典は当主の弟で、えらの張った顔に無精ひげを生やした中年男性だ。夏至の試験の最中はお堂で討魔師が見守るのだが、和典はその役目を負ってないらしい。

「あ、和典さん」

慶次はまごついて、おずおずと座布団に腰を下ろした。和典とは花見の宴《うたげ》でひと悶着あって、声をかけづらい状況になっていた。花見の宴で有生と耀司の兄弟対決が行われたのだが、和典の裏切りで耀司が勝利を収めたのだ。それ以来有生は事あるごとに「クズ典おじさん」と呼び、「あー味方を裏切る人ってどんな面してるんだろうなぁ」とか「俺の味方の振りして裏切った人がいるー」とか、毎回毎回ねちねちといたぶっているのだ。本当に有生を怒らせたら面倒この上ない。一応慶次はやめろと注意はするのだが、裏切ったのは事実なので、かばい切れない状況だ。

「有生はもう行ったよな？　はぁ、マジであいつ一生俺のことといたぶるつもりだな」

和典はきょろきょろと有生を探し、いないことにホッとして言う。

「有生は最近眠くて嫌味言うどころじゃないので大丈夫だと思います」

慶次は苦笑して大皿に載っていた料理を取り皿に取り分けた。

「俺もさすがに反省してるんだ。あれは悪手《あくしゅ》だった」

和典はお猪口《ちょこ》に酒を注ぎながら、しみじみと言う。

「よりによって有生にあんなこと。お前は命が惜しくないのかと、さんざん周りから言われたよ。今思えば俺も頭に血が上ってたんだよな」

和典の話に慶次は顔を引き攣らせた。花見の宴で有生は妖魔をけしかけた。その時のことは討魔師内でも物議を醸《かも》した。有生を煙たがっている者の中には、討魔師の資格なしと論じる者までいたようだ。それは当主が窘《たしな》めたようだが、もともと異端児と言われていた有生はあの件で確実に孤立した。有生は他人のことなどどうでもいいという人間だが、慶次は何とか仲良くできないものかと悩んでいる。

「あのー和典さんは当主の弟だし、有生と同じような立場じゃないですか？　親近感を持つとか、気持ちが分かるとか……ないんですか？」

慶次が口にしたのは、前から思っていたことだ。有生は本家の次男という立場で、和典も当主の弟という立場だから、似たような境遇のはずなのだ。慶次は昔の話は知らないが、長男である丞一が当主になる前は、当主の座を争うこともあったのではないだろうか？

「は？　いや、ぜんぜん分からんわ。有生みたいな異物の気持ちが分かるわけないだろ」

慶次の儚《はかな》い希望は和典の嫌そうな顔で掻き消された。

「まぁ……こんなんだから、俺は当主になれなかったんだろう。そもそも俺は、ほのかさんが嫌いだったし」

酔っているのか、和典がぼそりと呟き、慶次は「ほのかさん？」と聞き返した。初めて聞く名だ。

「ああ……兄さんの最初の奥さん。有生の母親だよ」

和典に気まずそうに答えられ、慶次は目を見開いた。幽霊としてだが、有生の母親の姿は視ている。だが、こうして話を聞くことはなかなかなくて、慶次は興味を引かれた。

「有生のお母さんってどんな人だったんですか？　けっこう綺麗な人ですよね」

霊体だが有生の母親は人形みたいに綺麗な顔立ちをしていた。顔は有生に似ていた気がする。

「狐だよ、あれは」

和典は面倒そうに言って、空になったとっくりをテーブルに戻す。

「狐？」

「あの女、絶対人間じゃなかった。狐が化けてたんだ」

和典は通りがかった使用人の薫《かおる》を手招きして、新しい酒を頼んでいる。有生の母親はほのかという名前で、狐が化けていた――にわかには信じ難い話に、慶次は呆気にとられるばかりだった。

夏至の試験は滞りなく終わったらしい。試験を終えた参加者が帰っていく中、母屋には合格した人が戻ってきた。

「マジで、絶対あれ狐の仕業《しわざ》だろ？　あんな地面に埋まってるとか考えられない。俺じゃなきゃ見つけられなかった」

憤懣《ふんまん》やるかたなしといった態度で廊下に現れたのは柚だった。試験中着ていた白装束は泥だらけだった。見ると、柚の手には四十九と数字が書かれた和紙が握られている。昨日有生が地面に埋めていた番号だ。柚の番号と知って意地悪をしたのなら、いろんな意味で震えが来る。

「有生さんは立会人だから、紙を埋める役目は負ってないはずですよ」

事情を知らない中川は首をかしげて柚に言う。とてもではないが真実を口にはできず、慶次は笑顔を貼りつけて柚を祝った。

「柚、おめでとう。受かったんだな。これでまた討魔師仲間になるな」

慶次が声をかけると、柚が気を取り直したように微笑む。

「ああ。これでまた耀司様のお役に立てる」

柚は誇らしげに胸に手を当てる。

「そうだ、耀司様に報告してこなくちゃ」

一転して柚はうきうきとした様子で耀司を探しに行った。巫女様と有生、ベテランの討魔師たちが戻ってきて、一気に屋敷が騒がしくなる。

「今年の合格者は柚だけじゃ」

巫女様は残念そうに首を横に振る。ほとんどの者は自分の番号を見つけられなかったらしい。眠そうな目で有生が近づいてきて、慶次の肩に腕を回す。

「もー帰っていい？　あとは俺いらないでしょ」

有生は未だ眠気がとれないようで、慶次に全体重を乗せてくる。懸命にその身体を支え、慶次は巫女様を仰いだ。

「好きにするがいい。あとは眷属を憑ける儀式だけじゃし」

巫女様も半分寝ている状態の有生を引き留めることはしなかった。慶次としては儀式まで見守っていたかったのだが、今にも倒れそうな有生を放ってもおけない。仕方なく有生の身体を引っ張って離れへ戻った。

「有生、昨日の番号、柚のだったじゃないか。あんな真似して柚が落ちたらどうするつもりだったんだ？　嫌がらせにもほどがあるだろ」

離れへ続く道を歩きながら説教をすると、有生がにやーっと笑う。

「ハンデだよ、ハンデ。あのタスマニアデビルは一度討魔師の資格失ってるんだよ？　これくらい枷《かせ》をつけなきゃ平等じゃないでしょ。っつうか、もっと深く埋めるべきだったな」

有生はしれっと反論してくる。いくらなんでもひどすぎると思うが、そんな試練も柚は乗り越えて討魔師になった。やはりそうなるべき資質の持ち主なのだろう。

「マジで限界……。眠ぃ……」

歩きながら眠りそうな有生を「しっかりしろ」と鼓舞し、どうにか離れへ辿り着いた。離れにいた緋袴の狐たちが、すでに寝る準備を整えている。重い有生の身体を狐たちと一緒にベッドへ寝かせ、着ていたスーツをはぎ取る。有生は横になるなり、すぐに寝息を立て始めた。

（狐が化けてた……か）

有生の衣服を整える狐たちを眺め、和典の言葉を思い返していた。和典は有生の母親は狐だったと言っていたが、狐と人間が結婚することなどあるのだろうか？　確かに離れで働く狐たちは緋袴を着て、一見人間みたいに見える。でもほとんどしゃべらないし、人間らしく何かを食べたり排泄したりしている様子はない。

（いや、そもそもホントに狐なら有生も耀司さんも半妖ってことになるじゃん！）

端人の母親は違うから関係ないとしても、同じ母親から生まれた有生と耀司は人と獣から生まれたことになる。有生はともかく、耀司はふつうの人間に見える。それに当主である丞一が、そんな禁忌《きんき》の婚姻をするだろうか？

『ご主人たまぁー。有生たまは人間ですので、誤解なさらぬようにですぅ。確かにちょっとおいらたち寄りではありますがぁ、実際はないですぅ。妖怪と人間が恋するなんて萌えシチュではありますけどもぉ』

慶次が深く考えていると、横から子狸が首を振って言う。半妖ではないと知り、ホッとして肩から力を抜いた。いろいろ規格外なので、そういう理由があるのかと勘繰《かんぐ》ってしまった。有生が人間と知り、心も軽くなる。もし有生が半妖でも嫌いになるわけではないが、これ以上有生が縁戚から嫌われる要素はないほうがいい。

「ところで子狼たちはどこにいるんだ？」

慶次が見当たらない二体の子狼について聞くと、奥から緋袴姿の狐に抱かれて現れた。二体共、つやっとした毛並みになっている。どうやらまた接待を受けていたらしい。

『俺は王様、俺は石油王、俺はキング、俺はセレブ……』

陽気な子狼は狐たちに綺麗にされて、ますます調子に乗っている。

『僕なんかを綺麗にするなんて何かの陰謀だ……どうせ喜んだら野良犬風情《ふぜい》がって馬鹿にするんだ……生きててすみません……貴重な酸素減らしてすみません……』

陰気な子狼はひたすら怯えている。

「こいつらにも仕事を振らなきゃなぁ」

子狼を成長させるためには、何か仕事をさせるのが一番だ。夏至の試験も終わったので、明日は巫女様から仕事をもらうことになっている。

『うーん。見習いにしても、かなり心配マックスな奴らでありますぅ。おいらがしっかり見守らなければ』

子狸は子狼二体の先輩として燃えている。子狸に任せれば大丈夫だろうと思いながら、慶次は時計を見た。もう深夜を過ぎている。

「俺も寝るか」

ベッドで寝ている有生を確認して、慶次は自分の部屋に戻って布団を敷いた。もう寝ようと思いながらスマホをチェックすると、一件のメールが入っている。

「健からだ」

メールのアドレスは縁戚の健からだった。つい先日も健のことを思い出したばかりだったので、どきりとした。おそるおそる見てみると、『久しぶり』と書かれている。

内容はずっと返信できずにごめんというもので、討魔師になれなくて落ち込んでいたとあった。やはり健は試験に落ちて浮上できずにいたようだ。

『久しぶりに会いたいんだけど、出てこれるかな？　いろいろ聞きたいよ』

健のメールにはそう書かれていて、慶次は胸が熱くなった。健が吹っ切れたなら、慶次としても嬉しいばかりだ。健とは住んでいた場所が同じ県内ということもあり小さい頃からよく遊んでいた。歳も近かったし、討魔師を目指していたので話も合った。互いの道は違ってしまったが、従兄弟でもあるし、健さえよければつき合いを続けたい。

「いつ会える？　そっちに行くよ、と……」

返信メールを打ちながら、慶次は笑顔になった。メールを送信して、スマホを閉じて布団に横になる。

健とまたいい関係になれますように。明日から始まる仕事の相棒も、やりやすい人でありますように。そんな思いを胸に、夢の世界へ旅立った。


翌日八時に目を覚ますと、慶次は朝食をとってから母屋へ向かった。有生は相変わらず寝ていて、声をかけたが起きる気配はなかった。夏至の翌日、空は快晴のいい天気だ。爽やかな風を身体で感じながら、朝の空気を吸い込んだ。夏至の試験が終わり、あれほどたくさんあった駐車場の車は二台だけになっていた。母屋は昨日の喧騒が嘘のように静まり返り、いつもの日常に戻っている。

「おお、来たか」

巫女様は珍しく藤色のワンピース姿で、慶次を奥へ招く。

「柚は何の眷属を憑けたんですか？」

廊下を歩きつつ尋ねると、巫女様が苦笑する。

「柚は蛇の眷属を憑けた。回り道したが、あやつも今度は討魔師として成長するじゃろう」

巫女様は柚をひそかに案じていたらしく、一安心といった様子だった。巫女様が仕事をする時に使う和室へ入ると、慶次はテーブルの前に正座した。一体誰と組むのだろうか、期待と不安で胸が高鳴る。巫女様は棚からファイルを取り出し、慶次へ差し出した。

「すまんが、今回は有生と組んでくれんか？　今の有生を御《ぎょ》せるのはお主だけでのぉ」

仕事依頼が書かれた書類を慶次の前に置き、巫女様が言う。相棒が有生と聞き、拍子抜けした。

「ええっ？　でも嬰子は？　それにそもそも……」

有生の今の仕事の相棒は櫻木《さくらぎ》嬰子だ。最初は有生と組んでいた慶次だが、両親の猛抗議を受けて、当主が仕事では組ませないと決めた。

「嬰子も有生の様子を見て仕事にならないと納得している。まぁ、今回だけじゃし、お前さんの両親も今さら怒鳴り込んではこんじゃろう。一緒に暮らしておるし、その辺はなぁなぁでよいじゃないか」

巫女様はのんきなものだ。実は両親は同居に納得していないと言ったら、どうするのだろう。家での問題事をここに持ち込みたくなくて、慶次は正座していた足を崩した。

「えー。俺だって今の有生を動かすのは一苦労なんですけど？　マジで病気かってくらい、ずーっと寝てるし。一度病院へ連れていったほうがいいんじゃないですか？」

依頼された書類をぱらぱらとめくって見て、慶次は顔を引きしめた。書類から異様な気配が漂ってくる。これはきっと慶次の手に負える案件ではない。有生でなければできない仕事なのだろう。

「うむ……。確かに有生の様子はおかしい。じゃが、あの状態なら皆が有生を怖がらないので、こちらとしてはずっとそれでもよいくらいじゃ」

晴れ晴れとした顔で巫女様に言われ、慶次は呆れた。巫女様の言う通り、有生はここ数日ふつうの人みたいに無害な状態だ。いつもは人のいるところへ有生が入っていくと、皆その気配に気づき、ぎょっとする。だが、夏至の試験の時も、試験参加者は有生を恐れる様子はなかったそうだ。中には有生のことを知っていて、「あれ、何で今日は平気なんだろ」と首をかしげていた者もいたらしい。

「うーん……。まぁ、分かりました。とりあえず、今回は有生と行ってきます」

もやもやするものは感じたが、仕事を与えられた以上全力でがんばりたい。慶次は正式に仕事を引き受けて、一度離れへ戻った。

「有生！　仕事だぞ！　支度しろ！　出かけるぞ！」

慶次が大声で言いながら有生の寝室へ踏み込むと、未だにベッドから起き上がれないでいる有生が「うー」と獣のような声を上げた。

「狐さん！　有生の着替えお願いします！」

慶次は狐を呼び有生の支度を頼むと、自分の支度にとりかかった。討魔師は仕事の際にスーツ着用が義務づけられている。慶次はクローゼットから三着しかないスーツの一着を取り出し着替えた。財布に免許証を入れ、鞄《かばん》に巫女様から渡されたファイルを入れる。仕事先は同じ高知県の山の中だ。有生があの調子なら運転は無理だろう。

『ご主人たまが運転するので、ありますか？』

意気込んでいる慶次に子狸が怯えて問う。

「しょうがないだろ。山道の運転は不慣れだけど……」

『たたた大変でありますぅーっ。一大事、一大事っ』

子狸は慶次の答えを聞くや否や、部屋を飛び出してどこかへ消えた。そこまで言うほどのことではないとしかめっ面で玄関へ向かうと、狐に支えられながらのっそりと有生がやってきた。

「慶ちゃん……、慶ちゃんに運転させるくらいなら俺が……」

この世の終わりのようなうつろな顔で有生が車の鍵を取り出す。

「何、言ってんだ。俺が運転するって。俺は安全運転だから。なるべく車、傷つけないようにするし」

眠気がとれない有生に運転をさせるくらいなら、自分がしたほうがいい。慶次は緋袴の狐から有生を受け取り、駐車場へ急いだ。有生は今にも寝てしまいそうな様子で「運転……する」と呟いている。駐車場に駐めてある有生の白い車の鍵を奪い、助手席に有生を押し込んだ。自分は運転席に座り、指さし確認をして出発する。

「どわっ！」

いきなり車が後ろに猛スピードで走り出し、慌ててブレーキを踏んだ。子狸が『ご主人たまぁ！　しっかり！』と後部席でわめいている。子狼二体は、車内でゴムボールみたいに転がっていった。ちょっと運転ミスがあったようだ。突然身体を揺さぶられて、有生の目がくわっと開く。

「今……三途《さんず》の川が……？　え、何で俺、ここに……？」

有生が寝言を言っている。気づいたら着替えをして助手席にいたと恐ろしげに言っている。

「わりぃ、わりぃ。久しぶりだから、ちょっと間違えちゃった。お前はつくまで寝てていいぞ」

再び車を発進させ、慶次は真剣な面持ちでハンドルを握りしめた。


ナビの予測では一時間半ほどでつく現場に、三時間かかり慶次はついた。有生は途中で意識を失ったみたいに寝てしまい、慶次は緊張にドキドキしながら運転を続けた。山道の先の見えないカーブの連続で気を張り詰めていたら、いきなり鹿が飛び出してきて心臓が飛び出るかと思った。幸い鹿が俊敏で、慶次の車を避けて去っていった。

『ふぅう、ご主人たまの運転は下手なホラー映画を観るより心臓にくるですぅ。無事に辿り着いてよかったでありますね。まぁ、少し擦ったようですが……』

子狸は車体の左側に小さな傷ができたことを気にしている。後で有生に謝っておかねばならないだろう。

「ま、まぁ無事についたし、あとは仕事をがんばればいいだけだ」

慶次は助手席で死んだように寝ている有生を揺さぶった。有生はハッとしたように目を覚まし、おそるおそる慶次を見る。

「怖い……、俺、生きてる？」

シートベルトを外しつつ有生が自分の身体を触る。

「めちゃくちゃ生きてるだろ。予定より遅くなったけど、現場についたぞ」

慶次は車から降り、大きく伸びをした。車は山道に造られた駐車場に駐めたが、現場と言われるまでもなくここが異常な場所というのが分かる。目の前に赤く大きな鳥居があるのだが、何故かその鳥居に天使を模《も》した人形がくっついているのだ。和洋折衷《せっちゅう》というには、あまりにも奇妙だ。

「白狐……頼む、ちょっと眠気祓ってくれ」

車から降りた有生が、頭を抱えながら囁く。するとふっと一陣の風が吹き、有生の身体を包み込んだ。有生は二度頭を振り、やっと覚醒したように背筋を伸ばした。

「そんな技もあるのか？」

慶次が感心して、ちらりと子狸を見ると、何かを察した子狸が目を三角にする。

『またご主人たまは、おいらと白狐様を比べてぇ！　ぷんぷん！　言っておきますが、おいらだってそれはできマッスル！　でもご主人たまは毎日早寝早起きで眠さとは関係ナッシング。おいらが力を使えないのは、ご主人たまのせいですからねッ』

「まだ何も言ってないじゃん」

慶次が宥めるように言うと、子狸がぷいっとそっぽを向く。最近子狸は白狐と比べられると怒るようになった。同じ眷属だから能力は同じと思いがちだが、眷属にはそれぞれ得手不得手《えてふえて》がある。

「あー。ここが現場？　すげー不快。頭クソいてー」

有生はうなじを掻き、建物のあるほうへ足を向ける。慶次も急いでそれについていった。考えてみれば有生と仕事をするのは久しぶりだ。自分も成長しているところを見せなければならない。

上り坂になっている道を進むと、真っ赤な建物が見えてきた。一見寺のようにも見えるが、建物の屋根や柱が朱塗りで、庭にはマリア像や天使の像があり、全体的に奇妙な印象を抱かせた。一体ここは何なのだろう。

慶次と有生が正面玄関に向かって歩いていると、庭のほうからスーツ姿の男性がやってくる。

「討魔師の方ですか？　ご足労いただきありがとうございます」

男性は眼鏡をかけた四十代後半くらいの年齢で、慶次たちの前に立ち、名刺を取り出した。

「依頼した会社の者です。安東《あんどう》と申します。どうぞ、中へ」

安東と名乗った男性は不動産会社の者だった。正面玄関は朱塗りの半円の扉で、中に入ると長い廊下が続いている。

「取り壊す予定なので、土足でけっこうです」

安東は靴を脱ごうとした慶次に言う。

「この建物、何だったんですか？」

土足で廊下を歩きつつ、慶次は気になって聞いた。内部は中華風の装飾で、ちぐはぐ感満載だ。

「新興宗教団体が造った建物です。彼らは教会と呼んでいたみたいです。変わった建物でしょ？仏教とキリスト教のいいところをミックスした教えらしいですよ？　名前、何だったかなぁ。まほろばの風とか音とかそんな感じの……ああ、『まほろばの光』だ！　けっこうヤバいとこみたいで、ネットで検索すると怖い話がいろいろ出てきます」

安東は気味悪そうに肩をすくめる。中に踏み込んで、ますます落ち着かない気分になった。奥から異様な雰囲気が漂ってきている。隣にいる有生はずっと眉を顰《ひそ》めていて、気分が悪そうだ。有生ほどではないが、慶次もここに入ってからずっと鳥肌が立っている。

「新規事業に手を出して多額の赤字を抱えて、ここを売り払うと言ってきたのですが、何しろこういったブツは問題が多くてね。案の定、取り壊そうとした建築関係者が次々と身体を悪くしまして。それで、取り壊しに支障がないよう、綺麗にしてもらいたいんですよ」

安東はファイルに書かれていた依頼内容を口にする。建物内部の間取りはとても変わっていた。長い廊下を何度も曲がらないと中央にある部屋に辿り着かない造りになっている。大広間は玄関から入ってすぐ左の位置にあるにもかかわらず、大きく外を回ってからでないと行きつかない。階段も何故か大広間の中央にあって、外階段は一つもないそうだ。何だか巨大な迷路に入れられた気分で、やたらと疲れた。

「問題はこの部屋です」

階段を上がって四階の部分に、小部屋がいくつもあった。安東がドアを開けると、むわっと異臭がする。とっさに慶次は後ろへ下がった。

『くっさ！　くさっ、臭すぎておいらの鼻が曲がりますぅーっ、ぎゃぼーっ、おえええ！』

子狸は脱兎《だっと》のごとく逃げ去っていく。子狼二体も、子狸の後を追って逃げていった。慶次も逃げたい気持ちでいっぱいだったが、ハンカチで鼻と口を押さえた。部屋は三角形の変わった造りだった。床や壁は汚れているが、何も置かれていない。けれど、確かに異臭がする。

「臭いですよね。臭いの原因はよく分かりません。何でもここはピラミッドパワーを取り入れる部屋だとかで……」

安東はあらかじめ用意していたらしいハンカチで顔の下半分を押さえている。

「はー。ここ何人死んでるんだよ……」

横にいた有生が小声で呟く。安東には聞こえなかったようだが、慶次にはしっかり聞こえた。

ぞぞぞっと背筋を怖気が走り、中へ入っていく安東についていけない。

「ここと同じような三角の部屋が合計九部屋ありまして、ここに入ろうとすると皆倒れ込んで仕事になりません。ともかく一刻も早く建物を解体したいので、何とかお願いします」

安東は慶次と有生が部屋の中へ入ろうとしないのを見て、慌てたように廊下に戻ってきた。

「どうでしょう？　日数、どれくらいかかります？」

安東は上目遣いで有生と慶次を仰ぐ。ちらりと慶次が有生を窺うと、大きなため息がこぼれた。

「一部屋に最低半日かかります。終わったら連絡しますので」

有生は事務的な口調で告げた。安東の顔がぱっと輝き、頭を下げる。

「助かります！　お寺の人に頼んだら無理だって断られてどうしようかと思ってたところです！それじゃ連絡お待ちしておりますので！」

安東はそう言うなり、さっさと帰っていった。きっとあまりこの場にいたくなかったのだろう。

霊感がなくても、気味悪い場所は分かるのだ。

「うぇえ……。有生、ここヤバいな……どうする？」

慶次は和葉にもらったお守りを握りしめて、有生の指示を仰いだ。部屋を覗くと残留思念を拾いそうで恐ろしかったので、ひたすら背中を向けていた。

「相当ヤバい宗教だったみたいだね。三角部屋で儀式みたいなのしてたんじゃない？　浄化っていうより封じ込めするしかないね。ぱーっとやってざざざっと処理してみてよ」

有生に顎をしゃくられ、慶次は生ぬるい目つきになった。

「有生……お前さ」

ふっと慶次は笑った。

「ぱーっとやってざざざって言われても意味分かんねーよ!! 何なんだよ、そのお前の感覚的な指示は！ 如月さんはそんな指示しなかったぞ！」

久しぶりに有生と仕事をして、慶次は有生が上司にしたくないナンバーワンだと確信した。下の人間に理解できる指示ができないのは、先輩としてアウトだと思う。

「はぁ？ 何で分からない？ 嬰子はできてた」

「嬰子できてたのかよ！ っつうか、嬰子と比べるな！ 俺は最近やっと子狸が一人前になったとこなの！」

嬰子がこの有生の指示を理解できたなんて、信じられない。嬰子は天才だ。

「一人前になったならできんじゃね？ とりあえず子狸と相談してみたら？」

有生は部屋に入りたくないらしく、仕事を丸投げしてくる。明らかにこれは有生がやるべき慶次には荷が重すぎる案件だが……。

「子狸……っていいねーし！」

見回して子狸を探すと、階段のところまで避難している。

「なぁ、子狸。あの部屋、どうにかできる？ 浄化じゃなくて封じ込めが必要らしいんだけど」

慶次は階段に座り込んで子狸に尋ねた。ここまで戻ると、異臭は薄れるが、臭いのせいか頭が痛い。

『ぶるぶる。おいらの可愛いちんまいお鼻が曲がりましたですぅ。封じ込めは心を鬼にすればできまするが……。臭くてやりたくないですぅ』

子狸は尻尾で鼻を隠して震えている。

「そこを何とかさぁ。お前の出す針で悪霊を刺せば封じ込めるのか？　いや、あれはどっちかって言うと除霊だよな？」

『おいらの千枚通し《せんまいどおし》、何本か出さないと歯が立たないと思いまする。いつもの悪霊を何十体もぎゅうぎゅうとおにぎり状態にしたものがいるもよう……。封じ込めはおいら苦手……。やってもいいけど、今日一日使い物にならないですぅ……。ご主人たまに何かあったら助けられませぇん』

子狸曰く《いわ》く、封印作業は大きな力を使うので、気が進まないようだ。

『ここは地獄の二丁目だぁ！　神よ！　我を見捨てたもうな！』

いつもは陽気な子狼も、この建物に入ってからパニック状態になっている。

『真の闇が……真の悪がここにある……人間、やめますか？　眷属、やめますか？　僕はここにいるよ……風よ、歌え……地よ、叫べ……』

陰気な子狼も変な状態でポエムちっくなことを言っている。

「有生、こっちにいる眷属が拒否ってるんだけど」

慶次は仕方なく部屋の前にいる有生のところへ戻り、子狸たちの言い分を聞かせた。

「まぁ、そうなるよね。あー俺に回されただけあるわー。ふつうの眷属じゃここにいるのも嫌だろうし。そんじゃ一部屋だけでいいからやって。あとは俺が何とかするから」

怒るかと思ったが、案外有生はあっさりと受け入れた。ホッとして慶次は子狸に一部屋だけ封じ込めをすることを頼んだ。

子狸は一回転して、大狸の姿に戻る。姿が変わると性質も変わるらしく、大狸は両脇に子狼二体を抱え、きりりとした表情になった。

『仕方ありませぬ。これより封じ込めの作業に入ります。お前たちも手伝いなさい』

大狸は逃げられないように二体の子狼を脇に抱え、一つの部屋に入っていく。慶次も急いでそれを追い、大狸が力を使えるように祝詞《のりと》を唱《とな》えた。

隣の部屋には有生が入っていく。かと思ったら、ぴかりと大きな光が隣から感じられて、少し身体が楽になった。この後どうなるのだろうと思いつつ、慶次は仕事に挑んだ。

大狸の封じ込めのやり方は変わっていて、部屋全体を覆うほど大きくなり、悪霊の塊《かたまり》みたいなものを包み込んでいた。子狼二体ははみ出た魍魎《もうりょう》を嚙んだり追っ払ったりしていて、祝詞や経を唱える慶次よりよほど役立っていた。三時間ほどその状態でいて、大狸が子狸に戻ってびっしょりと流れる汗を拭う。

『終わりましたですぅ……。おいら、へろへろ……』

子狸はそう言って慶次の身体に消えた。子狼二体も疲労でぐったりしている。終わったという言葉を裏づけるように、部屋から異臭が消えていた。

「お疲れ様。お前たちもがんばったな」

慶次は二体の子狼を抱えて部屋を出た。横の部屋を覗くと、こちらも有生の仕事が終わっていて綺麗になっている。残りはあと七部屋。毎日ここへ通わなければならないのかと思うと、憂鬱だ。

「終わった？　慶ちゃん」

有生は建物内部を見て回っていたようで、階段を下りてきた慶次を見つけて手を振ってきた。

「ああ。子狸はもう今日は閉店だよ」

有生と落ち合って、建物を出ていく。その日は二部屋を綺麗にするところまでで終了した。帰りの車は白狐の眠気取りがまだ有効だったらしく、有生が運転してくれたので一時間半で家に戻れた。

「あー……。俺、そろそろエンジン切れる」

有生と離れに戻る途中、有生は再び睡魔に襲われて玄関に入るなり寝てしまった。有生とはまだ話したいことがいろいろあったのに、上手くいかない。重い身体を引きずり、慶次も早々に眠りについた。

依頼された仕事は十日かけて完遂した。連続で行くのは危険だと有生が言うので、一日行って二部屋綺麗にした次の日は、清浄な気を持つ裏山で過ごした。六月末には大祓の儀もあり、心身が汚れたり綺麗になったりと忙しい日々だった。

「ありがとうございました。これで解体作業に入れそうです」

安東は建物内を歩き回り、感激した様子で慶次たちの手を握った。素人目にも空気が変わったのが分かったのだろう。かくして無事、仕事は終わった。

本家に戻った慶次は、巫女様に直訴した。

「巫女様！　俺、有生じゃない人と組みたいです！　あいつの指示、如月さんの後じゃきついです。あいつマジで教えるの下手なんで！」

正座して巫女様に詰め寄ったのは、今後の自分の成長を考えてのことだった。有生との相棒を解かれた時はショックでまた一緒に仕事をしたいと思ったものだが、いい上司である如月と組んだ後ではいかに有生の指導が下手かという事実が分かってしまった。有生の力はすごい。多分、討魔師内でも上位だろう。だが、天才すぎて、できない人間のことをちっとも理解できない。その点如月は分かりやすい指導とアドバイスをくれて、仕事が楽しかった。

「うーむ。おぬしにまでそう言われるとは困りものじゃのう……。して、その有生は？」

藤の花があしらわれた着物姿の巫女様が、廊下へ目を向ける。

「あいつまた寝てます。昨日仕事終わってから、ずーっと起きません」

慶次としてはそれも少し不満だ。有生と同居する前は、一緒に暮らし始めたらどんな空気になるのだろうと期待と不安が入り交じっていた。有生のことだから毎日セックス三昧《ざんまい》になるのではと怯えていた日々が懐かしい。実際は一日中寝ていて、最初の週以来、ちっとも触れ合っていない。

「しょうがないのう……。今は他に空いている者がおらんから、お前さんちょっと勝利《かつとし》と裏山に残った念の除去をやってくれんか？　午後には来るはずじゃ」

巫女様に言われ、慶次は目を丸くした。裏山に残る念の除去とは何だろう？

「念の除去とはこれじゃ」

慶次が質問する前に、巫女様が縁側に案内し、庭に置いてある水を張った桶《おけ》を見せた。桶は合計十五個あり、すべてに清らかな水が入っている。

「夏至の試験で参加者の負の念が残っておる。もう十日経ったし、軽い穢《けが》れなら日の光で浄化されるのじゃが、強い念はなかなか落ちないようじゃ。そこへこの水をまいておくれ。水は祈禱を行っておるので、まけばそこが浄化される」

巫女様に説明され、慶次は感心した。試験には多くの思いを持った者が参加する。場所には念が残りやすいというが、毎年こうして山を清めていたのだと知った。

『これぞまさに聖水ですぅ。おいらたちは勇者一行の神官として聖水をまきに行くわけでありますねっ。命だいじに！　穢れを見つけるのはおいらにお任せ下さいっ』

子狸はゲームのキャラになった気で張り切っている。桶が十五個もあるというのはかなり重労働な気がするが、暇を持て余すよりいいだろう。

「ところで勝利って……」

弐式勝利を思い出して慶次は頭を掻いた。和典の息子である勝利は、去年の夏至の試験で討魔師になった。節分祭の時に初めて会話したのだが、まったく打ち解ける様子はなく、質問しても「はぁ」とか「いや……」くらいしか答えてくれなかった。

「おはよーぴん！　慶ちゃん、元気ぃ？」

巫女様と話していると、いきなり縁側に現れたのは瑞人だった。相変わらず楽しそうな笑顔だ。今日は学校は休みなのか、ピンクのジャージにクマのリュックを背負って登場した。

「僕もお手伝いするよっ。浄化でしょっ、僕のミラクルキューティーパワーであっという間に綺麗にしちゃうからっ」

瑞人はノリノリで言っている。

「え、お前が浄化……？　余計穢れるんじゃ……？」

つい慶次が目をすがめたのは瑞人の日頃の行動のせいだ。穢れそのものみたいな瑞人に任せていいのだろうか。

「やーん、慶ちゃん、僕をディスらないでぇー。僕はもう天使に生まれ変わったのっ。やっぱり小悪魔系より清楚系のほうがモテるもんねっ。僕に任せなさーい」

瑞人はやる気満々だ。巫女様は桶が十五個もあるので、人海戦術でいこうとしている。他にも屋敷に残っていた柚が駆り出され、勝利ももうすぐつくという。

『俺……何かあいつにシンパシーを感じる……』

裏山のどこを受け持つかという話し合いをしていた時、ふいに陽気な子狼が現れてお尻をふりふりと振り出した。何事かと思い慶次が陽気な子狼の視線を辿ると、そこに身をくねらせて自撮りしている瑞人がいる。

「は、はぁああ？　お前、あいつはヤバい奴だから！　シンパシーなんて感じている場合じゃないっ」

慶次はぎょっとして陽気な子狼を捕まえて、ぶるぶると身を振った。

『ううう。俺、あいつのところにしばらく行きたい……っ、俺は、俺は、この熱い想いを止められないんだぁああああ！』

陽気な子狼はそう言うなり、びゅんと飛び出して瑞人の肩に乗った。突然子狼が肩に乗って、瑞人が「わっ」と驚く。

「やーん、やーん。かわゆいー。慶ちゃんとこのポチじゃん」

瑞人は陽気な子狼を捕まえて、ちゅっちゅっちゅっとキスしている。慶次は急いで瑞人に駆け寄り、顔を引き攣らせて子狼を返してもらおうとした。

「瑞人、そいつは大事な預かりものだから返して……」

『俺はここにいるぅ！　はぁはぁ、俺は何故かこいつから多くのものを学びたいと思っているのだぁあ。俺が神になるためにっ』

陽気な子狼は瑞人にしがみついて、目をぎらつかせる。

『しっかりするでありますよっ。そいつは眷属の真名《まな》を奪って手駒《てごま》にする処刑必須ものの極悪人ですぅ！　目を覚ませっ』

子狸も眷属の一大事と、尻尾で陽気な子狼の顔を叩く。

「ぴえん、慶ちゃんの眷属に嫌われて悲ぴー。僕はいい子になったんだってばぁ」

瑞人は胸を張るが、これまでの悪行を考えると到底信じられない。

『ふははは、俺の心配は無用！　何故なら俺には真名などないからなぁっ！　俺がどうせ覚えられないだろうと言って、ボスはまだ俺に真名をくれてないのだぁ！』

陽気な子狼は大声で高らかに告げ、慶次たちを啞然《あぜん》とさせた。

『とても大声で言えることではないのですぅ。むしろ恥ずかしくなることなのですぅ……。おいら、ちょっぴり涙が』

子狸は陽気な子狼に同情している。どうしようかと悩んだが、陽気な子狼は瑞人から絶対に離れたくないという。無理に引き離すのも可哀想だし、真名を奪われる危険性がないなら、少しの間だけ瑞人に預けてもいい。

「瑞人、その子狼は預かりものだから大事にしてくれよ？　絶対に変なことに利用するなよ？」

慶次がこんこんと言い聞かせると、瑞人はウインクして舌を出す。

「オッケー、お任せアレー。僕に任せれば、ポチはすぐに立派な狼になるからっ」

とても任せるのが不安になる言葉と共に瑞人は陽気な子狼を肩に乗せた。大丈夫かと不安になった慶次に柚が肩をぽんと叩く。

「慶次、おはよう。あれ、あの狐はいないのか？」

柚は耀司と一緒に爽やかな笑顔でやってきた。白いシャツを着ていたのだが、ちらりと見えた首筋にキスマークらしきものを発見してしまった。どぎまぎして二人を見ると、耀司は珍しくあくびをしている。

「なぁ、最近あの狐、すごいふつうじゃないか。何かあったのか？」

柚は慶次のドキドキに構わずに、耳打ちしてくる。

「ふつう……？」

「いつも振りまいている負のオーラがない。まぁ俺はそのほうがいいけど、まさか人間丸くなったとか言わないよね？」

柚は有生の放つ気が変わったと首をかしげている。中川も言っていたが、夏至の試験に参加した者や縁戚の者も有生が恐ろしくなかったと話していたそうだ。居るだけでその場の空気を凍りつかせていた有生がふつうなので、皆ホッとしていると聞く。本来ならば喜ぶべきことなのだろうが、有生の様子に変化が出たというのは慶次にとって心配な出来事だ。もちろん皆が有生を怖がらないでくれるのは嬉しい。これがいい方向への変化ならば。

「あいつはまだ眠いのか？」

耀司も気になるようで、慶次を窺ってくる。

「はぁ……。仕事の時は白狐に眠気を覚ましてもらってましたが、仕事が終わったのでまた眠り込んでいます」

慶次が浮かない様子で答えると、耀司が離れのある方角を見やる。

「あいつが小学生くらいの時にもこういうことがあったんだよ。白狐を憑けた後すぐだったから、眷属を憑けて負のオーラが出なくなったのかと俺たちは思っていた。だが半年後には元に戻っていた。その間のあいつは……」

ふうとため息を漏らして耀司が首を横に振る。その間、どうだったか聞きたかったのだが、勝利が現れて、裏山の話になってしまった。裏山の配分を決め、桶を一人二つずつ抱えて浄化に行くことになった。残った分は早く終わらせた者がやることになる。それぞれ裏山へ行く中、勝利は裏山の地理にくわしくないということで、裏山をよく知る慶次が案内することになった。

「こっちの道を使うといいぞ」

慶次は桶を担いでさっそく山に入った。勝利は二十三歳の青年で、去年討魔師になった新人だ。

背は高いが重い前髪と猫背のせいで陰気に見える。ほとんど視線が合わないので、目を合わせてしゃべりたい慶次としては気になっている。八咫烏《やたがらす》の眷属を憑け、今は慶次の伯母の律子《りつこ》と組んで仕事をしているはずだ。

「やっぱり山はいいなぁ。俺は断然山派だな」

今日はいい天気で山を歩くにはもってこいだ。慶次は大きく息を吸い込んで自然を満喫した。風も涼しくて、足取りも軽い。この辺りは斜面を少し整備して階段状になっているので歩きやすい。

「お前の区割りは……」

さくさくと山道を登り、勝利に教えようとした慶次は、振り向いても誰もいないことに愕然とした。

『ご主人たまぁ、あのカラスを憑けた子は体力不足ここに極まれりという輩《やから》なので、ご主人たまの足にはついていてこれませーん』

子狸がふうと肩をすくめて言う。いつもよりゆっくりめで歩いていたつもりだが、勝利にとっては速すぎたようだ。その場で待っていたが、五分しても勝利は現れない。もしかして迷子になったのだろうかと心配になり、慶次はその場に桶を置いて来た道を戻った。すると、カーブの先から低いぼそぼそとした声が聞こえる。

「……はぁ、マジでやってらんね……。何で俺が山なんて登ってるわけ……？　あー家に帰りたい。大体討魔師とか俺にできるわけないのに……、月の報酬あるからやってるだけだし……、はークソすぎ案件……。ネトゲしてー……。チャットでしかしゃべりたくねー……」

毒を吐いているのは勝利のようだった。慶次は目を点にして、その場で固まった。これまではとんどしゃべらなかった勝利だが、決して何も考えていないわけではないのが分かった。律子は勝利をシャイな性格と言っていたが、実際は違うようだ。

『ふぉおお、恐ろしすぎますぅ。かなりの陰キャのもよう。体力もないし、おそらく引きこもりニート。でもおいらはそういう輩は見慣れてるのでありますよっ。奴らは好きなもののためには全国どこへでも行脚《あんぎゃ》できるのでありまする。推《お》しのためならっ』

子狸は勝利に対してやけに心が広い。子狸の実家である神社が秋葉原《あきはばら》にあるからだろうか？

「はー。このまま帰っちゃ駄目かな……。その辺に水、まいて……。どうせ、あの人戻ってこないだろ……。俺のことなんて忘れてるよな……あーああいうタイプ苦手……めっちゃ正義感振りかざして迫ってくる優等生タイプ……。お前のためだからとか言いそう……」

ぼそぼそと話す内容が自分のことについて言っていると気づき、慶次はショックを受けた。正義感を振りかざして迫った記憶はないが、そういうふうに見られていたなら自分のせいだ。

「まぁでも今日はあの怖い人いなくてよかった……。マジで怖すぎだろ、あの人……何で討魔師とかやってんの？　俺も人のこと言えないけど、魔王か暗黒神って感じだよな……。嫌いじゃないけど怖すぎるんだよな……。あれとあれがくっついてるとか、ミラクル起きすぎだろ……。別に男同士に偏見ないけど……あの二人、会話成り立つのか？」

勝利は聞かれているとも知らずに、ずっとぶつぶつしゃべり続けている。おそらく近くで休憩しているのだろう。声をかけるべきか迷っていると、いきなり陰気な子狼が飛び出してきた。

『僕は……僕はこの人にシンパシーを感じる……』

どこかで聞いたフレーズを陰気な子狼が言い出す。慶次が止める間もなく、陰気な子狼がびゅんと駆け出した。

「お、おい！」

慶次が慌てて蛇行した道を追いかけると、大きな岩の上に座っていた勝利の胸に、陰気な子狼が飛び込んでいる。勝利は慶次の登場に驚いたのか、岩からずり落ちそうになっていた。

「あ、あ……。遅いのでどうしたかと思って」

焦る勝利に、まさか今までの呟きを聞いていたとは言えず、慶次は今来たふうを装って近づいた。陰気な子狼は、勝利の胸にしがみついて離れない。

『この安心感……、この実家に帰ったような気持ち……。僕はしばらくここにいたい……。この人なら身を委ねられる……』

陰気な子狼はうっとりした表情で勝利にくっつく。慶次は天を仰いだ。陽気な子狼に加えて、陰気な子狼まで一緒にいたい人を見つけてしまった。

「八咫烏さん、その子狼は預かりものなんですが、しばらく預けても大丈夫ですか？」

慶次は無理やり引き離しても無駄と察し、勝利に憑いている眷属に声をかけた。すっと黒い羽根を広げて八咫烏が現れる。

『問題ない』

八咫烏が了解したのなら、大丈夫だろう。本来なら二体の子狼は自分のところで育てたかったが、彼らの気持ちも尊重したい。

「勝利君。その子狼、君のところに居たいみたいだから、しばらく一緒に居てもらっていいかな？　あとごめん。俺、速く歩きすぎてたよな？」

慶次が明るい笑顔を見せると、勝利は動揺したようにうつむきつつ「はぁ……」と言って頷いた。それきり、先ほどずっとしゃべっていた人間と同一人物とは思えないほど一言も言葉を発しなくなる。

「えっと……、元気出して行こうか！」

勝利に合わせてゆっくり登山しながら、勝利が浄化すべき場所にようやく辿り着いた。ふつうの女子以下のスローペースの登山だった。浄化の指示を出して慶次はいつものペースで山を登り始めた。桶を抱えながら頂上を目指す。

『そして誰もいなくなった……で、ありますぅ』

子狸は少し寂しそうに足元の小石を蹴飛ばす。子分ができて喜んでいたので、子狼が二体共いなくなってしょんぼりしている。慶次も張り切っていた分、寂しさを感じた。

「浄化、がんばろうぜ！　子狸、穢れのあるところ、どんどん教えてくれよ」

気を取り直して、慶次は割り振られた場所の穢れに祈禱した水をまいていった。


裏山の浄化を終えて、慶次は離れに戻った。慶次は頂上まで二往復したので、玄関の引き戸を開ける頃には夕焼け空になっていた。

「ただいまー……」

どうせ有生はまだ寝ているだろうと力のない声で帰宅を告げると、奥からのっそりパジャマ姿の有生が現れた。

「慶ちゃん、おかえり」

しかめっ面の有生に出迎えられて、慶次はぱっと顔を明るくした。急いで靴を脱ぎ、有生に駆け寄る。

「起きてるなんて久しぶりじゃんか。一緒に夕飯食べられる？　白狐に眠気覚ましてもらったのか？」

有生とまともに話せるのが久しぶりに感じられて、慶次はせっつくように言った。有生はだるそうに髪を掻き乱し、「眠気はないけど、頭がいてー……」と呟く。

「え、大丈夫か？　薬飲んだ？」

「あーうん」

労《いたわ》るように慶次がくっつくと、有生はきょろきょろする。有生が身を屈《かが》めて覗き込んでくる。

「子狼がいないじゃん。どこ行った？」

有生は目ざとく子狼がいないことに気づき、きょろきょろする。

「一体は瑞人についてって、一体は勝利君のとこへ行った。シンパシー感じるとかで」

慶次は二体の子狼が離れていったいきさつを話した。仕事をするわけではなく、気に入った人間に憑いていった子狼に、有生は呆れている。

「ふーん、だから慶ちゃん元気がないの？」

廊下で立ち止まった有生に見つめられ、慶次はどきりとした。いつも通りにしていたつもりだが、有生は慶次の細かな感情の動きにすぐに気づいた。自分に元気がないとしたら、その原因は子狼ではない。

「有生……、俺って正義感振りかざしそう？　お前のためだからとか言いそう？」

肩を落として慶次はこわごわ聞いた。何でもないふうを装っていたが、実は勝利の独白を盗み聞いてからずっと落ち込んでいた。自分がそんなふうに思われていたなんて知らなかった。

「あーしそうしそう」

急にゲラゲラ笑って有生が肯定する。否定してほしかったのに笑って肯定され、慶次はショックでよろめいた。

「え、何で急に？　まさか誰かに何か言われた？」

それまで笑い飛ばしていた有生から表情が消え、慶次の肩をがしっと摑む。

「誰？　俺以外が慶ちゃんの悪口言うのは駄目。ぶち殺すから名前言え」

凍りつくような殺気を伴って言われ、慶次は慌てて手を振った。

「物騒なこと言うのやめろよ！　いや、ちょっと話してるのが聞こえちゃっただけで、報復とかいらないから！　俺、そんなふうに見えるのか？　何が悪い？　個人の意思は尊重してるぞ。俺だって正義が何より重要なんて、小さい頃はともかく今は思ってないし」

有生を宥めつつ居間に行くと、緋袴の狐たちが夕餉《ゆうげ》の支度を整えていた。時間が経つにつれ、勝利の言葉は慶次を落ち込ませた。自分が空気の読めない人間に思えてくる。

「あー。慶ちゃんって何か人を妬《ねた》んだりとか陥れたりとかしそうにねーじゃん？　まっとうな空気をまとっているっていうか。陽のものって感じだよね。陰キャからすると、そういう人間に見えちゃうんだよ。あ、何か分かった。クズ典おじさんの息子だろ？　そんなこと言ってるの。へー、あいつそんなこと言える関係性のある奴いたっけ？」

有生は慶次の反応を見ながら正解に辿り着いている。黙っていようと思ったのに、勝利が言ったとすぐばれた。

「いや、あいつが独り言を言ってるの聞こえちゃっただけで……。だから絶対殺すなよ？」

座布団に座って慶次は有生の背中を叩いた。慶次の隣に座った有生は「独り言……」とドン引きしている。今日の夕飯は金目鯛の煮つけとオクラと湯葉のおひたし、ネギと蛸《たこ》の酢味噌和え、おつけものと味噌汁だ。毎食完璧な料理が運ばれるので、ここに来てからすっかり健康になった。

「俺、そんなふうに見えてたのショックでさぁ……、あ」

話している途中でスマホが鳴って、健から連絡が来たのを確認した。

「俺、明日出かけてくる。健と飯食ってくるから」

慶次はメッセージを読み終え、箸《はし》を取りながら有生に伝えた。味噌汁を飲んでいた有生は、眉間にしわを寄せてこちらを向く。

「健？　誰？　やっと眠気取れてきたから、慶ちゃんとデートしようと思ったのに」

「健だよ、俺の父親の兄の息子。坊主頭でさぁ、俺と一緒に試験受けた奴。覚えてない？」

一応有生とも親戚関係にあるのだから、名前を言えば理解してもらえると思ったのだが、有生は記憶を取り戻すのに時間がかかった。

「そういや坊主頭の奴がいたような……。そいつと会ってくるの？」

有生は食事を続けながら、気に入らないという態度だ。

「あれ以来ずっとぎくしゃくしちゃってたから、仲直りしたいんだよ。健はもう試験受けられないしさ」

慶次がしんみりして言うと、有生がじろりと睨んでくる。

「俺も行く」

不意打ちのように言われ、慶次は目を丸くした。

「は？　いや、お前健とぜんぜん親しくねーんだろ？」

一応親戚関係なので連れていってもいいが、健が有生と会いたがるとは思えない。

「俺も行くから」

有生は断固とした態度で咀嚼《そしゃく》している。せっかく健との関係を修復できそうだと思ったのに、有生を連れていって大丈夫だろうか？

（最近の有生はふつうの人っぽいって言われるし……大丈夫かな？）

不安が募るが、明日は久しぶりに健に会える。会えなかった間のことをたくさん教えてもらおうと、慶次は明日に思いを馳せた。


その日の夜中、眠りについていた慶次はスマホの着信音で目覚めた。寝ぼけ眼でスマホを取り、誰からだろうとあくびをする。着信名が公衆電話だったので、取るかどうか迷ったが、こんな夜中にかけてきた相手が知りたくてつい電話を取った。

「はい」

一体誰だろうと警戒しつつ慶次が声を出すと、息切れしている音が聞こえる。

『……慶次君、時間ないからこれだけ聞いて』

ハッとして慶次は覚醒した。聞こえてきた声が柊也のものだとすぐに分かった。柊也は慶次の電話番号を知らないはずだ。どこで情報を手に入れたのだろうと動揺した。

「柊也か？　お前」

『まほろばの光とは関わらないほうがいい……。絶対に施設には行かないで』

柊也は思い詰めた声で告げ、唐突に電話を切った。慶次はしばらく呆気に取られて暗闇で光るスマホの明かりを見つめていた。確かに柊也だったと思うが、ちゃんと話す前に電話を切られてしまった。『まほろばの光』とは関わらないほうがいい、と言っていたが……。井伊家は例の新興宗教と関係があったのだろうか。

しばらくスマホを眺めたまま悩んでいたが、その後かかってくる気配はなかった。そもそもあれは柊也だったのだろうか？　もしかしたら、悪の柊也だったかもしれない。

（何だろう？　忠告……してるみたいだったけど、『まほろばの光』の仕事はもう終わったし……。施設にも行っちゃったし）

柊也が何を言いたかったのかは謎だが、慶次はこれ以上考えても仕方ないので再び眠りについた。柊也は今頃どうしているのだろう。慶次と長く話す時間もないほど、切羽詰まった状況なのだろうか。疑問は尽きないが、慶次は目を閉じて思考を中断した。

■3　目の前の穴に落ちる人間はいない

夏真っ盛りで、気温はぐんぐん上昇している。蝉《せみ》はうるさいし、肌はじりじりと焦《こ》げつくようだし、常に水分を補給しないと危険な暑さの到来だ。昨日の電話は気になったが、有生《ゆうせい》に話すとまた怒られそうで黙っておくことにした。

健《たけし》とは高知駅で待ち合わせをした。健は今東京で暮らしていて、高知に来る用事があったので、そのついでに会いに来たそうだ。本家は眷属《けんぞく》に守られているし、清浄な気に満ちた場所だが、健は本家には来たくないらしく、高知駅で会うことになった。今日は有生がついてくると言い出して車を出してもらえたので、それは助かった。

「お。あそこが待ち合わせの店だ」

車をパーキングに駐めて、慶次《けいじ》は有生と一緒に駅の近くにあるイタリアン料理の店に入った。テラス席もあるおしゃれな店で、白Tシャツにジーンズという格好で来た慶次は浮かないか心配になった。隣に立つ有生は黒い麻のジャケットに足が長く見えるスラックスを穿《は》いていて、サングラスまでかけているから見た目は抜群に格好いい。

「大丈夫かなぁ。健が嫌がったら、本当に席外せよ？」

健にはまだ有生が来ることを言っていない。先に連れていってもいいか聞こうとしたのだが、有生に「嫌がったら離れるから」と言われてしまったのだ。難色を示した慶次に、有生は自分も一応親戚だしと言い張ってきた。有生は独占欲が強いので、慶次が他の男と会っていると機嫌が悪くなる。健には悪いが、こうして連れてきたほうがのちのち面倒くさくない。

店員に待ち合わせしていることを告げる。健はすでに来ているようで、奥のパーテーションで区切られた席に案内された。

「——あ、慶……」

窓の外へ顔を向けていた青年が、慶次たちが近づくとぱっとこちらを向いた。その顔が一瞬にして引き攣《つ》り、ガタガタと椅子の音を立てて立ち上がる。

「何で有生さんを連れてくるんだよ！」

健は挨拶《あいさつ》するより先に、慶次の後ろにいる有生を見つけて悲鳴じみた声を上げた。案内してきた店員がちらちら恐ろしげに有生を見ている。健の態度からヤクザか危険人物と誤解しているようだ。

「うーん、やっぱり駄目か？　ごめん、ついてくるって聞かなくて。有生、ちょっと席外してて」

慶次は有生に拝むそぶりをして頼んだ。有生はじろりと健を見やり、無言で離れた席へ移動した。有生がいなくなると、健はあからさまにホッとした様子で座り直した。

「ごめん、健。有生、最近ふつうの人っぽくなったって話だから大丈夫かなと思って」

慶次は頭を下げながら健の向かいに座った。二年前は坊主頭で永遠の野球少年みたいな風体だった健だが、今はすっかり面変わりしていた。髪を長く伸ばし、後ろで縛っているし、眉も細く整え、首には十八金のネックレスをつけていた。服装も昔はアウトドア系を好んで着ていたのに、今は黒いサテンのシャツに白いジャケットと、言っては悪いがホスト風だ。

「はぁ？　どこがふつうだよ、振り向く前にすぐ分かったわ、あのヤバい圧。っつうか、慶次っていつの間に有生さんと出かけるような仲に？　メールで本家に居候《いそうろう》してるとか言ってたけど」

健とは二年の間ほとんど連絡を取れなかったので、慶次が有生と仲良くなったのを知らないようだった。確かに昔は会うと喧嘩ばかりしていたし、有生が嫌いだと豪語していたので、健からすれば理解不能な出来事だろう。

「あー、まぁ、いろいろあって……。今は仲良くしてるんだ。それより久しぶりだな、元気にしてた？　何か……雰囲気すごい変わったな」

慶次は改めて健を見て、苦し紛れにそう言った。今の健は近づき難《がた》い、すれた雰囲気があって、昔の面影がない。

「そう？　いい感じだろ？」

慶次の言葉をいいように捉えたのか、健は髪を撫でつけるしぐさをした。昔のほうがよかったとは言えず、そうだなと言葉を濁した。

「慶次はどうだ？　討魔師の仕事、がんばってるか？」

屈託なく健に聞かれ、慶次は内心ホッとしてがんばってると答えた。討魔師になりたがっていた健に仕事の話をしてもいいか不安だったのだ。健は、にこにこして慶次の話を聞いている。もう吹っ切れたのだろうと慶次は心から喜んだ。

「健は今、何してるんだ？」

注文したランチのパスタセットが運ばれ、慶次は食事をしながら健に尋《たず》ねた。健はリゾットを頬張りながら、嬉しそうにこちらを見た。

「俺は今、尊敬する師匠に出会えて修行中なんだ。霊能力を高めて、社会的弱者を救ってる」

てっきりホストでもやっていると言われると思ったのに、健の返事は意外なものだった。

「霊能力を……？」

討魔師の仕事をしている自分が言うのも何だが、一気に話が怪しくなってきた。しかも健がその話を始めたとたん、健の背中から鼬《いたち》に似た獣の姿がにょろりと出てきた。鼬は下級霊のようで、あまりいいものではない。

「ああ。俺、討魔師になりたかっただろ？　結局駄目だったけど、やっぱりそういう世界で働きたいんだよな。試験に三度落ちて腐ってた時に、今の師匠に出会って開眼したんだ。討魔師にならなくても、修行すれば霊的なものが視《み》えるし、使役《しえき》できるって」

健は目を輝かせて話す。健の討魔師への憧《あこが》れは、慶次にも理解できた。討魔師になれなくて、それに似たものに飛びつく気持ちも。だが、どうにもうさんくさい。さっきから健に引っついているのは、明らかによくない獣だ。

「えっと……よく分かんないけど、それって大丈夫なのか？　修行中とか言ってたけど……、法外な要求とか……」

ついついにょろにょろする鼬を目で追ってしまい、慶次は意識が散漫になった。子狸が出てこないところを見ると、危険性は低いのだろう。

「まぁ、そりゃ学ばせてもらうんだからお金はかかるよ。セミナー代とかさ。でも俺は才能があるって言われて、今は客を取って霊視したり、除霊したりしてるんだ」

慶次の困惑に気づかないのか、健は誇らしげに語っている。

「あの……健、それって何てとこ？　セミナーってことは、組織なんだよな？」

ここで頭から否定すると健は反発するかもしれない。そう思い、慶次は言葉を選びつつ探った。

「教団名は、『まほろばの光』って言うんだ。俺が師匠と崇《あが》めてる人が作った教団で、師匠は本当にすごいんだ。何でも見通せる千里眼《せんりがん》を持っているし、どんな悪霊も指先一つで消せちゃうんだぜ」

健は胸を張って答える。

「そ、それって……聞いたことある！」

慶次は持っていたアイスコーヒーの入ったグラスを危うく倒すところだった。『まほろばの光』

という教団名は、つい最近やった仕事で聞いたばかりだ。しかも昨夜、柊也《しゅうや》からの電話で関わるなと言われた。慶次の動揺を健はいいように解釈したらしく、にやりと笑う。

「けっこう有名なんだな。慶次も知ってるなんて。それでさ、慶次に連絡取ったのは、ほらお前って討魔師だから、眷属を身に宿してるだろ？　師匠にその話したら、ぜひ会ってみたいって言われてさ。お前ならうちに来ればすぐに幹部候補になれると思うんだ」

身を乗り出して健に言われ、慶次は絶句した。こんなに怪しい匂いがぷんぷんしてるのに、どうして健はそこまで信じることができるのだろう？　そもそも魑の下級霊を憑けている者が、除霊なんてできるのだろうか？

(明らかに……騙《だま》されてるよな、これって)

久しぶりに会えて嬉しいと思っていたのに、健の目的は慶次を怪しげな新興宗教に引きずり込むことだった。悲しいというか、悔しいというか、情けないというか、複雑な気持ちでいっぱいだ。

「あのさぁ……健。言っちゃ悪いけど、お前……その組織ヤバいとこだから、早く抜けたほうがいいと思うぞ」

いかにその教団がすごいかということを延々としゃべり続ける健を遮り、慶次は切実な思いで言った。すると、ムッとしたように健が眉根を寄せる。

「何を言ってるんだよ。会ってもないのに、どうしてそんな嫌なこと言うんだ？」

案の定、教団に心酔している健は、慶次を睨《にら》みつけてくる。

「会ってないけど、そいつらがいた建物をこの前仕事で片付けたばかりなんだ。悪いことは言わない、早くやめてほしい」

健を怒らせないように、慶次は低姿勢で言った。有生は殺人をしているような団体だと言っていた。健はそれに関わっていないと思うが、どちらにしろ危険すぎる。

「似たような名前の怪しい新興宗教があるから、きっとそっちと混同してるんだよ。俺のとこはクリーンだし、皆いい人ばかりだから大丈夫だよ。それで、いつ会ってくれる？　師匠は討魔師に興味があるみたいでさ」

人の話を聞く気がないのか、健は勝手に話を進めてしまう。どうしたものかと慶次は頭を悩ませた。美味しいと思っていたパスタも味を感じなくなる。

「話、終わった？」

どうしようかと困っていると、いつの間にか有生が現れて強引に慶次の隣に座ってきた。健は「ひっ」と息を呑み、青ざめて身を引く。

「慶ちゃん、もう帰ろ」

有生はテーブルに肘を突いて、慶次に言う。困っていたので有生の横入りは大変助かった。慶次は残りのパスタを口に運ぶ。

「健、その組織は本当によくないから、抜けたほうがいいと思う。あと、俺別に師匠と会いたくないし……」

アイスコーヒーをごくごく飲み干し、慶次は健の様子を窺《うかが》った。健の顔は不満げで、慶次に言いたいことがたくさんあるようだった。それでも我慢しているのは、有生が冷ややかな眼差《まなざ》しを注いでいるからだろう。

「そう言わずに一度だけでも会ってみてくれないか？　うちには困っている人がたくさん来るんだよ。慶次なら彼らを助けてあげられるだろ？」

顔を引き攣らせつつ健に言われ、慶次は眉を下げた。客観的に見ても怪しい団体なのに、健は聞く耳を持たない。いわゆる洗脳というものだろうか？

「お前さぁ、いくら討魔師になれなかったからって、堕《お》ちる先がヤバくね？　お前のいるとこ、犯罪組織だよ？　慶ちゃんをそこに誘うとか、頭大丈夫？　あー、実はやっぱ恨みに思ってて、慶ちゃんも引きずり落とそうとしてんの？　涼しい顔してるけど、お前昔から妬《ねた》みそねみで性格悪かったもんねぇ」

それまで健に話しかけなかった有生が、いきなり小馬鹿にした顔つきでしゃべりだした。健は有生に煽《あお》られて、かちんと来た様子でテーブルをどんと叩く。

「お、俺は慶次を友達だと思っている、引きずり落とすなんて失礼だろ！　俺は慶次のためを思って……っ、慶次なら……っ」

健は顔を真っ赤にして反論した。

「うわー出たよ、慶次のためを思ってーだってさ。慶ちゃん、こういうふうに使うんだよ。あのさぁ、お前よくないもんばっか憑けてるからくせーんだよね。それにどしたの、そのホスト崩れ風。むしろ笑っちゃうんだけど。前のいがぐり頭の時のほうがマシだった」

健が怒れば怒るほど、有生の口撃はひどくなる。口で有生に勝つのは至難《しなん》の業《わざ》だ。

「ううるさい！　そもそも俺はあんたなんて呼んでない！　勝手に入ってきて迷惑だよ！　何様のつもりだよっ、あんたみたいなのも救わなきゃならないなんて、この世の終わりだ！」

健の語気が荒くなり、店員が心配そうに近づいてくる。店の迷惑になりそうで、慶次はハラハラした。

「健、落ち着いて……」

「慶次も慶次だよ！　ふつう有生さんなんか連れてこないだろ！」

感情が抑えられなくなったみたいに、健は呼吸が荒くなっている。それに伴い、健にまとわりつく鼬が活発に動き回る。

「はいはい、エセ霊能師を目指してる奴とは俺だって会いたくねーわ。慶ちゃん、もう食べ終わったね？　帰るよ」

有生は慶次が食事を終えたのを確認して、腰を上げる。

「おい、俺はまだ慶次と……っ」

焦《あせ》ったように健が慶次に手を伸ばしてきたので、つい後ろへ身を引いてしまった。何だか今の健に触られたくなかったのだ。それが拒否に見えたのか、健がショックを受けたように固まる。

有生は慶次の腕を取り、ふっと前屈みになった。

「――お前、もう慶ちゃんに近づくなよ？」

有生は慶次でさえひやりとする空気を漂わせ、健に囁いた。びくっとして健が青ざめると、有生がすっと手を伸ばして、健の顔の近くにいた鼬を捕まえる。鼬は甲高い声を上げて、有生の手の中で消滅した。慶次には断末魔《だんまつま》の声が聞こえたが、健や他の客は聞こえなかったようだ。

「慶ちゃん、帰るよ」

有生は何事もなかったような明るい顔で慶次の手を引っ張る。慶次は放心状態の健に、もごもごと別れの挨拶をした。自分の分の会計をすませて、そそくさと店を出る。

「はー……」

慶次はどっと疲れて、肩を落として歩き出した。

久しぶりに健に会って、また前のように仲のいい親戚としてつき合えると思っていた。まさか健が変な新興宗教にはまっていたとは。

「俺がいてよかったでしょ。っつーか、あいつあんなことになってたんだ？　前から心の弱い奴とは思ってたけど、最悪な方向に向かってるじゃん。慶ちゃん、もう関わるなよ？　百害あって一利なしってあれのことだろ」

慶次の肩に腕を回し、有生がやれやれと首を振る。

「この前、変な宗教の仕事したじゃん？　健、あの組織に傾倒してるっぽいんだけど」

駐車場までの道を進みつつ、慶次は気落ちして言った。

「はあぁ？　うえー、あれと繋がってんの？　サツジンしてる団体じゃん。こわっ。あー頭いてーけどつき添ってよかった。慶ちゃんがうっかり新興宗教にはまってたら離婚の危機だった。ホントーに一人で行かせないでよかった」

有生は自分の選択が正しかったと胸を撫で下ろしている。まだ頭痛が続いているようだ。

駐車場に戻り、慶次は助手席に座ってシートベルトを締めた。有生はどこか遊びに行くかと聞いてくるが、健の話を聞いた後では遊ぶ気になれなかった。頭痛もあるからか、有生もこのまま帰宅することにしたようだ。ゆっくりと車を発進させた。

「……なぁ、有生」

高速道路に入った時点で、慶次はうるうるした瞳を運転席に向けた。有生がハッとして、嫌そうに身を引く。

「慶ちゃん、何かキモいこと言おうとしてるでしょ」

つき合いの長い有生は、慶次の心の機微に敏い。

「有生……健、あのままにしといていいのかな。放っておけないよ、あんな危険な組織に居るなんて」

慶次が潤んだ目を向けると、有生がげーと舌を出した。

「はい、偽善者慶ちゃん通常運転！　馬鹿なの？　マジでキモすぎ。会話全部聞いてないけど、あいつ慶ちゃんを引きずり込もうとしてたんでしょ？　救う必要なし。あいつはねー、人と違う力が欲しいだけの困ったちゃん。大方、下級霊をくっつけられて、霊力を手に入れたとか勘違いしてるだけ。討魔師になりたかったんだねー。あーならなくてよかったー」

有生にまくし立てられ、慶次はしゅんとした。

「でもさぁ、健は俺の従兄弟《いとこ》なんだよ。このままじゃまずいだろ？」

「別にー。俺、どうでもいい」

有生はあっさりしたものだ。縁戚とはいえ、有生にとってはかなり遠縁なのでそれを責められない。

「俺は困るよ。ちょっと父さんに聞いてみて、健の両親に連絡入れてみる。健とは討魔師を目指して一緒にがんばった仲だし……。本当はもっと前にあいつに連絡取ってケアするべきだったんじゃないかな。そうしたらあんな変な組織に関わることもなかったろうし……」

勝手に行動すると有生に悪いと思い、慶次は先に申告した。

「はぁー。井伊《いい》家の末っ子と同じ轍《てつ》を踏もうとしてね？　慶ちゃんのその他人を助けたいと思うキモい心はどっから来るの？　他人助けてる場合じゃねーんだけど」

有生にねちねちと嫌味を言われ、慶次は助けを求めるように子狸を呼び出した。慶次の腹から飛び出してきた子狸は、膝にちょこんと座る。

『ご主人たまの困ってる人を見過ごせない善なる心は、おいらは好きでありますよ。ただぁ、今回の件、線引きが必要でありますぅ』

子狸は小さな指をちちちと動かす。

「線引き……」

『はいぃ！　あのホスト風従兄弟の沼った組織はやばやばのやばなとこですので、ご主人たまでは手も足も出ませぇん。なので、おいらも有生たまと同じく関わりにならないことをおススメしますぅ。ただそれだとご主人たまは見捨てた気持ちになって、どんよりしてしまうので、ある程度動いたら撤収がいいと思いますぅ』

子狸にアドバイスされ、慶次も大きく頷《うなず》いた。車を運転している有生はこれみよがしにため息をこぼす。

「マジで頭痛がひどくなってきたんだけど」

有生はしかめっ面《つら》になって言う。そう言えば眠かった時の有生は人畜無害になったと言われていたが、今日健に会った限りではその効果は一時的だったようだ。慶次は有生と一緒にいすぎて負のオーラをあまり感じないが、健は有生が傍《そば》にいる時はずっとびくびくしていた。

「強烈な眠気の後は頭痛かよ。やっぱりお前、どっか悪いんじゃないか？　病院行かなくて平気か？」

今朝も頭痛薬を飲んでいたし、一向に治る気配がないので心配だった。健のことで迷惑をかけている場合ではない。

帰り道は有生を労《いたわ》りつつ、高速だけ運転を替わった。何だかすっきりしないことが増えていく。誰も助けられない自分が歯がゆくて、慶次は悶々《もんもん》とするばかりだった。


健のことは心配だったので、父に電話をかけ、事情を話して父から健の父親である伯父に連絡を取ってもらった。数日して、父から暗い声で電話がかかってきた。

『健だが、兄さんたちも困っているらしい。どうやら家の金を宗教団体に寄付しているみたいでな。一年くらい前に入信して、兄や兄嫁にも入信を勧めてきたそうだ。俺の知らない間に大変なことになっていたみたいだよ』

父はまったく知らなかったようで、慶次と同じくらい落ち込んでいる。父にとっては息子と仲の良かった甥っ子だ。いかにも怪しい新興宗教を妄信しているとなれば、心配だろう。

『とりあえず弁護士に相談したり、行政にかけあったりして健の目を覚まさせるつもりらしいが……何しろ本人の思い込みがすごくてなぁ』

伯父たちも困っているらしいことが、父からの電話で分かった。健と会った日から、しょっちゅうメールが来ているので慶次にも察しがつく。あの場で断ったにもかかわらず、師匠とやらに会ってくれとしつこく誘いが来ていた。返事をするのにも疲れて放置しているが、ここまで洗脳されたものを元に戻すのは無理ではないかと思った。

「何か進展があったら、連絡くれよ」

慶次はそこで電話を切ろうとした。だが、父がもごもごと聞き取りづらい声で何か言っている。

「何？　まだ何かあった？」

スマホに耳をくっつけて、父の声を必死に聞き取ろうとする。

『……お前、本当に有生さんと暮らしているのか？』

父が絞り出すように言う。そういえば家族に有生と暮らすと報告だけして逃げてしまったのだ。

「あ、うん。えーと、俺は別に家族と縁を切るつもりは毛頭なく。有生も悪い奴じゃないから、頭ごなしに反対しないでほしい」

家族から別れの言葉らしきものを言われたのを思い返し、慶次はしっかりと自分の気持ちを伝えた。いつも慶次の言い分は聞き入れてくれないから、これも無駄かと思いつつ、口にした。

『そうか……』

父の反応は予想と違っていた。てっきりまた泣き落としか有生の悪口をまくしたてると思っていたのだ。がっかりしたような声音だが、慶次の話を聞く余地はありそうだった。

「父さんだって討魔師やってる一族の血縁なんだし、有生がすごいのは分かってるんだろ？　俺なんか有生にはたくさん助けてもらってるし、少しだけでも譲歩してくれると嬉しいな。あ、男同士うんぬんってのが嫌なら、仕方ないけどさ」

珍しく父が自分の意見を聞いてくれそうだったので、慶次はここぞとばかりに言い募った。親ならふつう息子が助けられたら感謝の気持ちを持つはずだ。

『有生さんがすごいのは……分かっている。俺には霊力なんてもんはちっともないが、あの子が異質なのは当主が赤子を見せてくれた時に分かってた』

何かを思い出してか、父の声がしんみりしたものになる。父は有生が生まれた当時のことを覚えているらしい。

「父さんも有生の母親知ってんの？」

有生の子どもの時の話が出てきて、慶次は気になって尋ねた。

『ほのかさんだろう？　あの人も異質だった。人間じゃないみたいだった。俺は当主の最初の奥さんが苦手でなぁ……何もかも見透かしたような目で見られて、居心地が悪いったらなかった。有生さんは、ほのかさんそっくりだ。俺はなぁ、慶次。お前が人間じゃない魔に魅入《みい》られているようで怖いんだよ』

「え……」

父の声が震えていて、慶次はどきりとした。

『頭ではお前の選択を許さなきゃと思っているのに、有生さんのことを思うとお前と引き離したくて仕方なくなるんだ。すまない、慶次。有生さんがどれだけお前を守ってくれようと、お前たちの仲を認める気にはなれないと思う』

弱々しいがはっきりとした口調で父に言われ、慶次はショックを受けた。いつか分かってくれる、そのうち理解してくれる、と家族が認めてくれる日が来るのを待ち望んでいたが、慶次が思うよりも父は有生を畏《おそ》れている。それは有生の母親への畏怖から来るものだとおぼろげに分かった。

情けない声で謝る父としばらく会話をして、慶次は電話を切った。

健のことも、もやもやするが、今は父の有生に関する話にもやもやした。和典《かずのり》と言い、有生の母親は人から好かれるタイプの女性ではなかったようだ。同じ兄弟の耀司《ようじ》は嫌われていないのに、母親に似ているばかりに有生だけ嫌われるのは納得いかない。

慶次は無性に有生に抱きつきたくなって、有生の寝室をノックした。有生は朝から頭痛が治まらないと言って横になっているのだ。あらゆる頭痛薬を試したが、一向に効かないらしい。

「有生、入るぞ？」

返答がなかったので、声をかけつつ寝室に入った。夕暮れ時でカーテンを閉めているので寝室は真っ暗だ。ドアを開けて廊下の明かりを入れつつ、慶次はベッドに近づいた。

「有生、大丈夫か？」

目を閉じて布団に潜《もぐ》っている有生に声をかける。

「うー……」

唸《うな》るような声と共に、有生が布団から顔を出す。その顔が赤くて、慶次は不安になった。

「おい、大丈夫かお前……」

よく見ると有生は汗びっしょりだ。心配になって有生の額に手を当てると――ものすごく熱い。

「お、おい、熱あるんじゃないか？　ちょっと待ってろ、体温計持ってくるから」

額は熱いし汗も掻いているし、返答がしっかりしていない。慶次は慌てて救急箱を取ってきた。うーうー言っている有生の脇に体温計を差し込み、冷蔵庫から持ってきたペットボトルのスポーツドリンクを口元に運ぶ。

「朝はここまでひどくなかったよな？　急にこんな具合悪くなる？」

ぼーっとした顔の有生の口にスポーツドリンクを注ぐが、口の端からこぼれてしまう。仕方ないので口移しで飲ませ、タオルで有生の汗を拭いた。有生の脇から体温計を引き抜いて、慶次は衝撃を受けた。

「ししし、死ぬーっ!!」

慶次がそう言ったのも無理はない。体温が四十度だったのだ。慶次は見たこともない体温に一気にパニックになり、その場を飛び出して母屋へ裸足で駆け込んだ。

「誰かっ、誰か、助けて！　有生が死んじゃう！　救急車、いや耀司さん、車出して！」

母屋の玄関口で慶次が大声でわめき散らすと、何事かと巫女様や耀司、使用人の薫《かおる》が奥から姿を現した。

「有生が！　有生の熱が四十度で！　朝は頭痛いだけだったのに、今見たら汗びっしょりで！」

三和土《たたき》で慶次が叫ぶと、耀司と巫女様が顔を見合わせて「落ち着け」と口を揃《そろ》えた。

「落ち着けないですよ！　あの有生が、熱を出すなんて！　今まで風邪一つ引いたことないのに！　早く車を出して下さい！　俺が運転してもいいけど、俺じゃ事故りそう！」

冷静な顔つきの耀司と巫女様に焦れて、慶次は地団太を踏みながら大声で訴えた。その頃には和服姿の当主と由奈《ゆな》までやってきた。

「有生が高熱らしいが、今から病院へ行ってものう……。狸様はどのようにお考えで？」

焦る慶次とは反対に、巫女様は落ち着いた様子で首をかしげている。何て冷たい家族だと慶次が憤《いきどお》ると、いつの間にか横にいた子狸がバレリーナのように回転して慶次に風を送る。

『ご主人たまー、ちょっと落ち着いて下さいー。恋人の一大事に焦る気持ちは分かりますけども、今から病院へ連れていっても、このまま一晩寝かせておいても、結果は同じでありますぅ。熱を冷ますのはご主人たまのほうでありますよぉ』

ひやっとする風が子狸から流れてきて、慶次は少しだけ冷静になった。

「え……大丈夫なのか？　本当に死なないのか？　だって四十度だぞ！　こんな高熱見たことないし！」

子狸も弐式《にしき》一家も皆落ち着いているが、めったに風邪を引かない慶次からすれば、四十度の体温はもはや死亡寸前だ。

「薫よ、氷枕はあるかえ？　あったら氷を入れて持ってきておくれ」

巫女様が命じて、薫がばたばたと廊下を駆けていく。

「有生が熱を出すなんて鬼の霍乱《かくらん》だねぇ。慶次君、悪いが今夜は有生を看病してやっておくれ。何、明日には熱は下がっているだろう」

当主はにこにこして言う。当主にそう言われ、慶次は我に返ってうつむいた。何だか一人で焦って馬鹿みたいだ。

「あれー、何か出遅れたぁー。どしたの慶ちゃん、有生兄ちゃんが熱出したって薫が言ってたよーん。今なら有生兄ちゃんを攻撃できたりしてー？」

階段から駆けてきたのは瑞人《みずと》だった。

「絶対するなよ！」

羞恥心を隠すために、つい瑞人に怒鳴ってしまう。これじゃ八つ当たりだ。自分が恥ずかしくなって、慶次は赤くなって目元を腕で覆った。

「裸足で来たのかい？　慶次君が有生を本当に好きで感謝しかないよ」

当主は薫が持ってきた氷枕を受け取り、草履《ぞうり》に足を通した。薫は使用人が使うサンダルを慶次に貸してくれる。焦るあまり裸足でここまで来てしまったので、慶次は礼を言ってサンダルを借りた。

「どれ。私が有生の様子を見てこようか」

当主が氷枕を抱えつつ、そう言う。当主の言葉で巫女様たちは微笑みを浮かべその場に残った。慶次は当主と一緒に、日が落ちる寸前の空を眺めながら離れへ向かって歩き出した。

「子狸……もしかして、俺が飛び出す前から何か言ってたのか？」

離れへ戻る石畳の上を歩きつつ、慶次は赤くなって子狸に聞いた。

『はいー。おいら、ご主人たまがパニックになった時からずっと話しかけていたでありますが、ご主人たまはわけわかめになってましたので、ちっとも届いていなかったでありますね。やはり恋人の一大事ですものぉ。これを有生たまが見れなかったのは残念でありますねぇーん』

子狸は慶次をからかってか、くねくねと身を揺らして言う。今さらながら耳まで真っ赤になって、慶次は頭を掻きむしった。

「ははは、慶次君がそういう性格だからいいんじゃないか。有生の傍にいるのが君のような子で本当によかったよ。親としてこれほどありがたいことはないね」

当主はずっと笑みを浮かべていて、慶次も少しずつ恥ずかしさが薄らいでいった。高熱なのですぐに病院へ運ばなければならないと気が動転したが、本当に命の危機だったら、白狐が手を打っているはずだ。我を見失ったみたいでみっともない。

「うう……、すみません。お騒がせして」

離れについたので、慶次は引き戸を開けて当主を有生の寝室へ案内した。有生は暗がりで苦しそうな声を上げている。

「おやおや、こいつがこんなになるのは久しぶりだなあ」

当主は有生の頭を持ち上げて氷枕を差し込むと、しげしげと寝顔に見入った。

「有生ってあんまり病気になってるイメージなかったから……。何か菌でも入ったんでしょうか？　俺は元気だし、まさかこの前会った健から……？」

当主の横から有生の顔を覗《のぞ》き込み、慶次は意気消沈して言った。健と会話はしたが、接触はなかったし、ずっと一緒にいた自分は元気なのに有生だけ病気になったのが腑《ふ》に落ちない。免疫力が下がっていたのだろうか？

「慶次君。これは何て言うか、有生にとって麻疹みたいなものでね」

当主は有生の額にタオルを押し当て、小声で話す。

「麻疹……？」

「そう。有生の奴は十歳くらいの時もこうなったんだ。ずーっと眠そうにしてただろ？　耀司から話を聞いてピンときたよ。しばらく不調が続くが、そのうちけろりと治るから心配しないでついていてやってくれ」

慶次には何のことやら分からないが、当主が言うには特殊な持病らしい。眠い周期と風邪みたいな周期が入れ替わり起こるそうだ。話を聞いているうちに、ふっと有生の母親というほのかの姿が浮かんだ。

「あの……それって有生の母親と関係あります？」

無意識のうちに口にしていて、慶次はしまったと青ざめた。これじゃまるで有生の母親が変だと疑っているみたいだ。和典や父がほのかを人外と言うので、影響を受けた。慶次の問いに、当主は意外そうな顔をした。

「ほのかかぁ。そうだね、ほのかの子どもだからという見方もできるかな。有生の母親が気になるのかな？」

すっと当主の目が細くなり、胸の内を探られている感覚がした。有生の父親なだけあって、当主も意識一つで空気をがらりと変えられる。

「す、すみません！　あまりに皆が有生の母親を人間じゃないみたいだったって言うから！」

慶次が慌てて頭を下げて謝ると、当主が軽やかな声で笑った。

「いやいや、責めているわけじゃないよ。確かに不思議な女性だったからねぇ。有生は母親にそっくりで、それもあって一族から浮いている。私としては子どもは皆同じくらい可愛いのだけど」

当主は有生が寝ているベッドに腰を下ろし、袂《たもと》からスマホを取り出した。

「写真、見るかい？　少ししかないが、ほのかと有生が写っているのがあるよ」

笑みを浮かべて当主がスマホの画像を見せてくる。興味津々で慶次が覗き込むと、有生に似た綺麗な顔立ちの女性が幼い有生と耀司を抱いている姿があった。

「ゆ、有生可愛いっ。と、当主、この写真俺も欲しいです！」

有生の小さい頃の写真は貴重で、慶次は目をハートにしてねだった。当主は快く応じてくれて、慶次に数枚の写真を送ってくれる。口を開けば憎たらしい有生だが、写真の中の子どもは天使のように可愛かった。それにしても――。

『有生たまのお母たまは、ちっとも笑わないでありますねー。まるで焼き増しのごとく同じ顔でありますぅ』

「こ、こら馬鹿！」

子狸が突っ込んだのも無理はなかった。写真は合計五枚あったのだが、ほのかの顔は全部同じだったのだ。にこりともせずカメラをじっと見ている。

「ははは、そうなんだよ。本人も表情筋が死んでるからって言ってたよ。愛想はゼロだったな、そういうとこが可愛かったんだが」

当主は気にならないらしく笑い飛ばしている。

「有生はほのかにそっくりだが、あいつは慶次君とつき合うようになってずいぶん人間らしくなったよ。これからもよろしくね」

慶次の肩をぽんと叩き、当主が腰を上げて母屋へ戻っていった。慶次は氷水で冷やしたタオルを絞って、有生の額に載せた。水枕と冷やしたタオルのおかげか、有生の苦しそうな顔から少しずつ険がとれる。

「よかった、少し熱が下がってきた」

夜になる頃には、体温も三十八度まで下がってきた。まだ高熱だが、よくなっているのだろう。

今夜はずっと傍についていてやろうと決意し、慶次は狐の手伝いを断ってせっせと看病した。

氷枕がぬるくなった頃に取り換えたり、有生の汗を拭ったりしているうちに、いつの間にか寝ていたようだ。優しく揺すり起こされて寝ぼけ眼《まなこ》で顔を上げると、だるそうな有生と目が合った。

「慶ちゃん、変な寝方しないで……」

有生はベッドに上半身だけ預けて寝ている慶次が気になったようだ。目を擦って起き上がり、有生の額に手を当てた。まだ熱い。氷枕も氷が融《と》けている。とっくに朝になっていて、カーテンの隙間から日が差していた。

「水、飲めるか？　お前昨日、すごい熱を出したんだぞ。身体、大丈夫か？」

昨日は朦朧《もうろう》としていた有生だが、今は意識がはっきりしているようだ。慶次が急いでペットボトルを渡すと、ゆっくりした動きで上半身を起こし、スポーツドリンクを嚥下《えんげ》する。

「昨日から何も食ってないし、腹減っただろ？　おかゆとか食えそう？　頭痛いの治った？　薬飲んでほしいから何か口に入れて」

慶次が冷たいタオルで有生の額の汗を拭いつつ言うと、気持ちよさそうにスポーツドリンクを飲み干す。

「昨日の記憶がねー……。慶ちゃん、看病しててくれたの？　あんま食欲ねーわ……。解熱剤、ちょうだい」

有生はどんよりした様子で呟く。用意しておいた解熱剤を渡して、水を持ってきた。有生は億劫《おっくう》そうな動きで薬を飲み、再びベッドに横になった。相変わらず汗もすごいし、熱を測ったら三十八度のままだ。当主はそのうち熱が引くと言っていたが、本当に病院へ行かなくていいのかと迷いが生じた。

「ぜんぜん食べられない？　昨日から何も食べてないんだぞ」

弱っている有生は見たことがないので、傍にいると心配でたまらなかった。

「いらね……。あー頭がガンガンする……。慶ちゃん、チューして」

うつろな目で言われ、慶次は屈み込んで有生の顔にちゅっちゅっとキスをした。

「うー……慶ちゃんがクソ可愛い……。何で元気な時にそれをやらない？」

慶次のキス攻撃は有生の表情を和《やわ》らげた。有生が少しだけ笑ったので、慶次も目を輝かせた。

「お前、死なないよな？　こんな高熱、安静にしてるだけで本当に大丈夫なのかな？　当主はお前が十歳くらいの時もこんなことがあったって言うんだけど」

ベッドに腰を下ろし、慶次は有生の首筋に冷たいタオルを押し当てて言った。有生の熱を吸収して、冷たかったタオルがすぐにぬるくなってしまう。

「は？　あー……なるほど」

有生は突然理解したというように、苦笑した。額の汗を拭う慶次の手を捕らえ、気持ちよさそうに頬に押しつける。

「ただの風邪じゃねー感じがしたけど、そういうことか……。白狐と契約した後が、これとまるっきり同じだった」

有生は慶次の手に頬を摺り寄せる。有生の頬は熱くて、熱がなかなか引かないのが分かった。自分の元気を分けてあげたい。

「どういうこと？　眷属が関係してんの？」

有生の口ぶりじゃ、眷属が病気をもたらしたみたいだ。

「いや……肉体のアップデート的な……」

有生はそう言うなり、すーっと眠りに落ちてしまった。薬が効いているのだろうか。結局何も食べてくれなかったので、胃は空っぽのはずだ。

「子狸、有生、大丈夫かなぁ」

有生の顔からそっと手を離し、慶次は子狸に尋ねた。子狸は慶次の身体からぽんと飛び出し、おおらかに笑う。

『明日には熱が下がっていると思われますぅ。はふー。やっぱり看病ネタは萌えますなぁ。おいら的にはご主人たまを看病する有生たまが見たかったところでありますが……逆もまたよし！　弱っている有生たまはレアですものぉ。あ、もちろん、おいらあの瑞人の野郎が近づかないように見張っておりますからっ』
子狸はひそかに活動していたようで、誇らしげにどんと胸を叩く。瑞人は嫌いではないが、他人の弱みにつけ込む悪い癖がある。子狸の言う通り、弱っている有生には近づけたくない。
その日は午後三時頃にまた有生が目覚め、やっと腹が減ったと言っておかゆを口にしてくれた。熱も三十七度五分まで下がっている。熱が引くと同時に頭痛も少し治まったようで、有生は慶次にあれしてこれしてと甘えてきた。
有生のおしゃべりが増えるのは元気になっている証拠だ。早くよくなりますようにと神棚にお願いして、有生につきっきりで看病を続けた。

翌日には、有生の熱は三十七度まで下がった。ここまで下がると有生もだいぶ楽になったようで、食欲も戻ったし、ベッドから起き上がれるまでになった。それでもまだ病人であることには変わりはない。解熱剤が足りなくなったので、慶次は母屋にもらいに行こうと腰を上げた。

「あ、巫女様。解熱剤、余ってたら欲しいんですけど」

母屋の引き戸を開けて、最初に会った巫女様にそう言うと、「ちょうどよかった」と手招きされた。

「おお、慶次君。来たか」

奥の間に行くと、当主と耀司、それに中川《なかがわ》と伯母の律子《りつこ》がいる。律子は父の姉で金髪にふくよかな体型の中年女性だ。今日は黒地に金の花模様の派手なワンピースを着ている。八咫烏《やたがらす》を憑けた討魔師であり、勝利《かっとし》の指導者でもある。

「律子伯母さんまで、どうしたの？」

花見の宴《うたげ》以来の律子に、慶次は首をかしげて巫女様と共に中へ入った。長テーブルを挟んで、当主と耀司、律子と向かい合う形で慶次は座った。中川は端っこでノートパソコンを操作している。

「健のこと、聞いたよ」

律子が重苦しい声で切り出した。慶次はその話かと眉を下げた。律子にとっても甥っ子の一大事だ。おそらく父から話がいったのだろう。

「もううちらだけじゃ手に負えそうにないところまでいっているから、当主に相談したよ。まったくねぇ、敵さんも穴を狙ってくるよねぇ」

律子はテーブルに突っ伏して、大きなため息をこぼす。使用人の薫がやってきて、人数分のお茶と和菓子を置いていった。巫女様は煎餅《せんべい》を齧《かじ》り、慶次をちらりと見る。

「その『まほろばの光』とやらだが、どうやら井伊家の息がかかっているようじゃ」

巫女様に教えられ、慶次はびっくりして飲んでいた茶を噴き出しそうになった。

「ま、まさか、じゃあ健が狙われて……っ!?　そういや、やたらと師匠に会えってうるさいんです」

気味の悪い新興宗教だと思っていたが、裏で井伊家の人間が糸を引いていたのか。今さらながらゾッとして、慶次は自分の身体を抱きしめた。今さら言いづらくなったが、こんなことなら柊也から電話があった後に、巫女様に話しておくべきだった。柊也は井伊家が関わっているから慶次に忠告してきたのだろうか？

くわしく話を聞くと、律子が当主に相談に行く前から、巫女様は『まほろばの光』という組織について中川に調べさせていたようだ。慶次と有生が初日の仕事を終えた後、簡単に報告したのを受けて危険度が高いと感じたのだろう。その組織の裏に井伊家の長男がいると知り、『まほろばの光』が所有する土地を洗い出すことにした。高知にある建物は売り払ったようだが、東京と大阪にも『まほろばの光』が所有する土地があり、そこでも多くの信者を抱えているという。かなりグレーな団体で、公安からも目をつけられているらしく、取り潰せないか画策しているようだ。

「健を使って慶次を引き寄せようとしたのかねぇ。ともかく何としても健の目を覚まさせなきゃなんないから、ちょっと強引な手段を取ろうと思ってるんだけど……戦力になる有生が寝込んでいるっていうじゃないか」

律子は頬に手を当て、残念そうに首を振る。

「有生は、こういう荒事にぴったりだからね。仕方ない、代わりに俺が行きますよ」

耀司はお茶には手をつけず、落ち着いた様子だ。

「そうだね。うちらでどうにかするしかないね。慶次、あんたは有生から離れないようにしなよ？　健から連絡来ても、一人で会わないこと」

慶次を案じてか、律子の目が真剣だ。慶次も殊勝《しゅしょう》な心持ちで頷いた。

「結局狙いって有生なんですよね？　どうして井伊家はそんなに有生を欲しがるんでしょうか。そりゃ確かにあいつは善人でもないし博愛精神もないけど……」

執拗《しつよう》に付け狙ってくる井伊家に憤り、慶次は拳《こぶし》を握って吐き出した。有生の有能さは知っているが、敵ともいえる間柄でそこまで欲しがるのが理解できない。

「ああ、それは……」

律子が何か言いかけて、ちらりと当主を見る。当主が軽く首を横に振り、律子に口止めしたのが分かった。慶次は知らないが、有生にはまだ秘密があるのだろうか。そういえば妖魔を自在に操っていたし、特別な力があるのかも。

「ともかく、健の頭をぶん殴ってでも連れ戻すから。耀司と一緒に教団へ行って、健と会ってくる。そこで会えなかったら悪いけど、健と会う口実作ってもらって呼び出してもらうわ」

律子に頼まれ、その場合は慶次が師匠と会うという餌でおびき寄せることになった。健を騙すようで申し訳ないが、危険な組織に居続けると健自身がヤバい。心を鬼にして、従兄弟の洗脳を解こうと慶次も決意した。

「そんなわけで、本当は今日、勝利とするはずだった仕事を慶次に任せていい？」

深刻なムードから一転して、律子が明るい口調で言う。

「え？」

いきなり仕事の話になって、慶次は面食らって正座した。本来ならベテランと新人で仕事をするものだが、慶次も勝利もまだ新人だ。そんな二人でできる仕事なのかと緊張した。

「簡単な仕事だから大丈夫。うちでスピ系のサイトやってるんだけど、五周年記念ってことで一口千円でメールのお悩み相談って企画立てたの」

律子はそう言うなり、後ろに置いてあったノートパソコンを机に置いて開くと、運営しているホームページを見せる。あなたの幸せのお手伝いと謳《うた》った画面に、スピリチュアルカウンセラーリツコという名前が載っている。

「何これ、律子伯母さんも教祖に……？」

慶次がドン引きして言うと、律子がムッとしたように眉を吊り上げる。

「うちはインチキじゃないわよ！　ちゃんと眷属さんと一緒に相談者のお悩み解決してるんだから。一応私がメインでやってるけど、手が足りない時は空いてる討魔師にも力を借りてるの。若い子にはこういうほうがウケるのよ。ほら、若い子ってお寺や神社に霊障《れいしょう》の問題を持ち込まないじゃない？」

ホームページを見てみたが、前世療法から霊障相談まで何でもやっているらしい。こんな世界もあるんだなぁと慶次は感心した。

「律子が五年前にこういう事業もどうかというのでのぉ。試しにやらせたら、けっこう実入りがよくてな」

巫女様がお茶をすすりつつ言う。

「話を戻すけど、それで五周年記念の企画したら、集まりすぎちゃって。二百件近く依頼が来ちゃったのよ。だから慶次、勝利と一緒にいくつか受け持って」

律子は中川とあれこれ話しつつ、二十件の依頼を慶次に回してきた。慶次のメールアドレスに、依頼者の名前と相談事が書かれた書類を添付して送ったと言う。

「回答はデータでこちらに送ってください。一応、こちらで問題ないか確認します」

中川はパソコンの画面を見ながら指を動かしている。

「名前だけ？　会わなくていいの？」

毎回仕事は対面が基本なので、メールでやりとりするのに慣れていない慶次は戸惑うばかりだ。

律子は鼻で笑っている。

「そんな難しい悩みをそっちに回さないから。眷属様と話して回答してくれたらいいよ」

よく分からないが、これもリモートワークと言うのだろうか？　慶次は困惑しつつ、依頼を請け負った。

離れに戻ると、有生の姿がなかった。何事かと部屋中探し回り、浴室からの音で一安心する。倒れている様子がないかすりガラス越しに確認し、大丈夫そうなので居間に戻った。緋袴《ひばかま》の狐たちは二人分の昼食を用意している。慶次の昼食は素麺《そうめん》だったが、有生の分は雑炊《ぞうすい》になっていた。

「あ、慶ちゃん」

風呂から出た有生は濡れた髪をタオルで拭きつつ、居間に入ってきた。青い作務衣《さむえ》を着ていて、少しだるそうだ。

「有生、熱測って」

テーブルについた有生に冷たい水と解熱剤、体温計を運んで慶次は迫った。有生は素直に熱を測り、慶次の渡した薬を飲む。

「よかったぁ、三十七度を切ってきたぞ」

三十六度九分まで熱が引いたのを見て、慶次は安心して肩から力を抜いた。雑炊を食べようとする有生の背後に回り、タオルで有生の濡れた髪を拭く。

「髪乾かしてから食べないのか？　俺、ドライヤーかけてやろうか？」

有生の髪が濡れているのが気になり、慶次はごしごしと拭いた。

「いや、もう平気っしょ。慶ちゃん、病人には優しいね。チューして」

有生がいたずらっぽい声で言って振り向いてくる。その声はまだかすれていて、慶次は背中に抱きついて、頬や髪にちゅっちゅっとキスをした。

「はー、クソ可愛い……。ねーもっとエロいキスして」

振り返った有生が色っぽい声で誘ってくる。

「駄目だ。そんなキスしたら、エッチしたくなるだろう！　体力消耗したらどうすんだ！　お前は今、全力で病魔と闘わなきゃいけないんだぞ！」

甘い雰囲気を掻き消すように慶次が厳しい顔で怒鳴ると、有生が耳を押さえる。

「いやそこはエッチになだれ込むとこじゃないの？　あーはいはい。分かったって。確かにまだ不調だしね。病魔と闘うって、何で慶ちゃんは何事もバトル形式なの？　慶ちゃんの人生、疲れそう」

呆《あき》れ口調で言って有生が前を向く。ある程度タオルで有生の髪を乾かすと、慶次は自分の席に戻った。咽《のど》は痛くないかとか、身体はどうだとかあれこれ有生の調子を聞き、だいぶ快復しているのを確認した。

「ところで健のことなんだけど……」

有生の話が一段落したところで、慶次は母屋で聞いてきた話を有生に伝えた。有生は井伊家がバックにいたと聞くなり、それみたことかと鬼の首をとったように息巻いた。

「ほら、やっぱり！　慶ちゃんの引き寄せ術マジで怖すぎ！　あーホントーに慶ちゃんを一人で行かせなくてよかった。一人で行ってたら、今頃拉致《らち》られてたね。あのホスト崩れ、今度会ったらぶち殺すわ。昔から馬鹿なことしそうな面してた」

嗄《か》れた声で有生は健を罵《ののし》っている。そこまで言うことはないのではないかと、慶次はムッとした。

「そう言うなって。健の弱った心につけ込んだあいつらが悪いんだからさ。健は洗脳されてるだけだって。昔はいい奴だったし」

健ばかり責められるのは納得がいかず、慶次はかばうような発言をした。それが気に食わなかったのか、有生が馬鹿にした笑いを浮かべる。

「はぁ？　あのね、危うくさらわれそうだったのにかばうなんて、どんだけ頭沸いてんの？　そんなんだから舐められんの。昔はいい奴でも殺人する奴もレイプする奴もいるでしょ。慶ちゃん、そんなこと言って井伊家に捕まって骨とか折られてたらどうするの？　それでもあいつをいい奴とか言うわけ？　あー分かった。慶ちゃんのは偽善じゃない。単に人を見る目がなさすぎ。頭お花畑なだけ」

病み上がりとは思えないほど、有生が鋭い声で責めてくる。慶次は素麺を食べていた手を止め、有生を睨んだ。

「そこまで言うことないだろ！　俺は人を見る目ないかもしれないけど、お前は人を斜めに見すぎ！　誰だって躓《つまず》くことくらいあるだろ、健だって洗脳が解ければ、自分の間違いに気づくはずだ！」

言い返すつもりはなかったのに、くどくど言われすぎたせいで慶次も頭に血が上った。

「俺は客観的に見てる。慶ちゃんが頼りないしすぐ騙されるから、俺がしっかりしなきゃと思ってますけど？」

有生が、バンとテーブルを叩き、素麺のつけ汁がこぼれた。慶次は負けじと有生と睨み合った。見えない火花が散り、険悪なムードが漂う。

『うう……。どうして看病萌えネタから喧嘩になるでありますか？　おいら、ちっとも分かりませんですぅ。ご主人たま、有生たま、少し落ち着いて。有生たま、健たんを責めないご主人たまにイライラする気持ちも分かりますけどぉ、これがご主人たまなのでしょうがないのですぅ。ご主人たまも、有生たまが死ぬ死ぬと大騒ぎしてたのに喧嘩なんて、本末転倒でありますよぉ』

傍にいた子狸が焦って慶次たちに進言してくる。慶次もハッとして視線を落とした。そうだった。ほんの少し前まで有生の身体を案じていたのに、こんな喧嘩をしている場合ではない。

「……はー。何で俺、こんな子、好きなんだろ」

有生が面倒そうに呟いた。胸がざわっとして、涙目で睨みつけると、有生が怯《ひる》んだように腰を浮かせた。

「頭、冷やしてくる」

有生はそう言って、食べかけの雑炊を置いて居間を出ていった。話し合いを放棄されたようで胸がじくじく痛んだ。慶次は素麺を食べ終え、むしゃくしゃした気持ちを必死に落ち着かせた。

「子狸。何で俺たち、喧嘩ばっかりしちゃうのかな」

汚れた皿をキッチンに運んだ後、慶次は気落ちして子狸に問いかけた。好きなのに相性が合わないとしか言いようがない。お互いの意見が一致することはほぼなく、たいていどんな意見も衝突してしまう。一緒に暮らしていると、逃げる場所がなくて、同居は早まったかもという気がしてならなかった。

『ご主人たま。喧嘩はしましたが、根底にあるものは愛！　でありますぅ。有生たまはご主人たまを思うあまりキツイことを言ってしまっただけですのでぇ。あと有生たまは独占欲強めなので、他の男をかばうのは推奨できませぬのぉ。ああいう場合は有生たまに、お目目うるうるでボク怖い、守ってハートと言えばラブラブで終わったのでありますよ。ご主人たまは甘えるのが下手でありますね』

子狸は恋愛エキスパートと書かれたTシャツを着て、慶次に教授する。

「はぁ？　何で俺が守ってもらわなきゃなんねーんだよ？　そんな気持ち悪い演技できるか」

子狸の言う甘え方は天地が引っくり返ってもできそうにない。とはいえ、確かに病み上がりの有生には気を遣うべきだった。

『ご主人たまにあざと可愛いキャラは無理な模様。まぁでも、喧嘩するほど仲が良いと申しますしぃ』

子狸に慰められ、慶次はふてくされたまま自分の部屋に戻った。折り畳み式のテーブルを持ち出し、ノートパソコンを開いて、中川から送られたデータを開く。言われていた通り、名前と相談事が書かれたエクセル形式の書類だ。

「よし、とりあえず仕事するか。えーと……今つき合ってる彼と結婚できますか、か……」

一件目の悩み事を読み、慶次は無言になった。いつも請け負っている仕事は悪霊に苦しめられ生活をするのもままならない切羽詰まったものだが、これはまるで友人の恋バナを聞いている感じだ。

「いやっ、仕事に大小はない！　しっかり返答しなきゃな！　この人にとっては、重要な悩みなわけだし！」

自分を奮《ふる》い立たせて、名前を確認する。するとセミロングの髪の女性が泣いている姿が目に浮かぶ。

「子狸、この子の相手、ヤバいっぽくない？　結婚しないほうがいいと思うんだけど」

慶次が一緒に横でモニターを見ている子狸に聞くと、うんうんと頷かれる。

『この子の相手は結婚詐欺師ですから、やめたほうがいいと思いますぅ。お金もあげちゃ駄目ですぅ』

子狸に真実を明かされ、慶次は依頼主に同情しつつ、相手が不誠実でお金目的なのでやめたほうがいい、いずれもっといい相手が出てくると返答を書き込んだ。

「よし、次。えー、彼との相性を教えて下さい。……って」

慶次は目を細めた。そんなものは星座占いでも見ればいいのではないかと思ったのだ。

「いやいや！　お金払ってもらってるんだし、ちゃんと答えないと！　うーん、すごくいい感じが浮かぶなぁ。このまま結婚して共白髪《ともしらが》っぽい。子狸どう思う？」

『はいぃ。おいらもそう思いますぅ！　相性抜群、つき合って半年でゴールインですぅ』

「やっぱそうだよな。えーと、相性抜群、問題なし、運命のお相手です、と……」

子狸と話し合いながら回答を書き入れ、慶次は次の悩みに進んだ。

「旦那とセックスレスで悩んでいます、か……。って、こういう男女の悩みばっかりなんだけど！」

順番にお悩みに答えていくが、どれもこれも判で押したように男女の恋の悩みばかりだ。慶次としては腑に落ちない思いはあるが、仕事なので二十件全部に回答した。結果、すべて恋の悩みで、生死に関わるような重い相談はなかった。

「けっこうサクッと終わったな……。もっと霊障で悩んでいる問題とか解決したかったたな」

慶次は回答のデータを中川に送り、ため息をこぼした。何だかんだ入力に手間取り五時間くらいかかったので、すでに夕食の時間になっている。

『一言申し上げますがぁ。ご主人たま……今までの仕事で一番有能でしたよぉ？』

子狸に生ぬるい目でそっと教えられた。どきりとして慶次は拳を握った。

「そ、それは！　確かに子狸の助けがなくてもできたくらい、仕事がスムーズだったけど！　違う、俺は、俺が討魔師になってやりたいことは悪霊や妖魔を倒すことなんだ！　だって魔を討つと書いて討魔師だぞっ、恋愛相談に乗りたいわけじゃないっ」

自分でも薄々感じていたことを指摘され、慶次は前のめりで言った。仕事はスムーズすぎるくらいだったが、自分がやりたいことはこれではない。

『うーんでも、おいらの能力からするとこっちの仕事のほうが羽ばたけるでありますが……。おいらの一番の得意技は縁を結ぶことですしぃ……。狸に荒事は似合わないですぅ』

子狸は親指と人差し指でハートマークを作り、駄目押しする。

「そんなぁ……子狸にそんなこと言われたら俺はどうすればいいんだよ。そりゃ、縁結びも大切だけど……」

悩ましげに慶次が唇を尖らせていると、廊下を駆けてくる足音がする。

「慶ちゃーん！」

ノックもなしにドアが開き、満面の笑顔の有生が入ってきた。確か昼間に喧嘩をしたばかりだが、なかったことのように有生は浮かれている。

「お、おう……？　有生」

ご機嫌な様子の有生にたじろぎ、慶次はノートパソコンを閉じた。有生は折り畳み式のテーブルの前に座っていた慶次の前に膝を折る。

「慶ちゃん、あー可愛い、慶ちゃん」

有生はニヤニヤしながら慶次に抱きついてくる。そのまま床に押し倒されて、慶次は顔にキスを降らしてくる有生を受け止めた。

「な、何だ……？　あのさっきは言いすぎたかも……って」

不気味なほど機嫌のいい有生に怯えつつ、慶次は一応謝罪の言葉を口にした。

「うんうん、俺も言いすぎた。ごめんね？　慶ちゃんが可愛すぎるのが駄目なんじゃない？」

有生はぎゅーっと慶次を抱きしめて愛しげに言う。先ほどの殺伐とした雰囲気とはあまりの変わりように、慶次は恐ろしささえ感じた。

「慶ちゃん、裸足で皆のとこに行ったんだって？　さっき母屋に行ったら、皆に教えてもらった。俺が死にそうで大変だったたって」

床に横たわった慶次を見下ろし、有生が目を細める。それでピンときた。有生がこれほどご機嫌なのは、パニックになった慶次の様子を聞いたからなのだ。そんなことくらいで怒りが消えるのかと慶次は少し呆れた。有生は複雑な思考の持ち主に見えるが、根は単純だ。

「俺のことで慶ちゃんがそんなふうになるなんて……、ねぇ慶ちゃん。俺マジで興奮してきた。今すぐぶち込みたい」

上から見下ろしてくる有生の目が艶を帯びる。何故か分からないが慶次の動転したエピソードを聞き、有生は欲情している。

「え、でもお前まだ病み上がり……」

「頭痛治まってるし、大丈夫。今日は奉仕してあげるね。俺、すげー気分いいから」

有生はそう言うなり、慶次のズボンのベルトを外してきた。これから夕食という慶次の言葉は、ズボンと下着をずり下ろされて無視された。有生は剝《む》き出しにした慶次の下半身を広げ、まだ萎《な》えている性器にキスをしてきた。

「ええっ、まだ風呂入ってない」

慶次が焦って腰を引くと、有生は強引に口の中に性器を引き込んだ。いきなり深く性器を銜《くわ》えられ、慶次は「ひゃっ」と声を上げた。有生は少し強引なくらいに、口の中で性器を動かす。数度口で扱《しご》かれると、覚えのある感覚が襲ってきた。

「うあ……、有生、ちょっと」

慶次の性器が半勃ちすると、有生は竿を手で添え、先端の穴を舌先で弄《いじ》ってきた。有生はわざと音を立てて、慶次の性器をしゃぶる。袋や太ももを揉まれ、慶次は息を乱した。こうなると有生を止めることはできないので、慶次は口淫する有生の髪を撫でた。

「なぁ、ここでやるの……？　布団敷くまで待って」

床の上で行為をするのはあちこち痛くなるので好きではない。慶次が頼むと、有生が口を離し、長い指で慶次の性器を扱く。

「慶ちゃんの部屋にローションないもんね。俺のベッド、行く？　狐がシーツ替えてくれたから、綺麗だよ」

性器を扱きながら言われ、慶次は、はぁはぁと息を吐いた。行く、と慶次が言うと、有生が性器の先端にふっと息をかける。

「一度イっていいよ」

有生はニヤリとして慶次の性器を再び口に含む。口を上下され、慶次は強引に高みに連れていかれた。有生の口の中でびくびくと性器が脈打つ。有生は血管の浮いたところにわざと舌を押し当て、ねちっこく舐める。張った部分や先端の穴は尖らせた舌先で愛撫され、性器を濡らされた。

「うう……」

慶次はもぞもぞと腰を動かした。性器を舐められるのは気持ちいいが、それ以上に尻の奥での気持ちよさを知っているので、どうしても物足りなさを感じてしまう。

「こっちも欲しい？」

慶次の状態に気づいた有生が、濡らした指を尻の穴に入れる。内壁に入れた中指でぐっと押され、慶次は「あっあっ」と甘ったるい声を上げた。痒いところに手が届く感じで、内壁を弄られると、とろんとした表情になる。

「ん……っ、あ、あ……っ、イきそ……」

尻に入れた指で前立腺を弄られながら、性器を口に含まれると、あっという間に感度が高まった。はぁはぁと息を荒らげ、慶次は腰を浮かせた。

「乳首も弄ってほしいんじゃない？　自分でやってみて」

意地悪い笑みを浮かべ、有生が性器から口を離し、尻に入れた指を揺らす。慶次は真っ赤になって首を横に振った。自分で乳首を弄るなんて、恥ずかしすぎて絶対にできない。

「馬鹿、や、だ……っ、や……っ、ああ……っ」

慶次が嫌がって身をくねらせると、有生が仕方なさそうに苦笑し、首を伸ばした。有生は尻の奥に入れた指を動かしつつ、Tシャツの上から慶次の乳首を口に含む。布越しに乳首を食《は》まれ、慶次はびりびりとした電流のような刺激を感じた。

「やぁ、や……っ、あっあっあっ」

有生はTシャツを唾液で濡らして、歯で乳首を銜えてくる。内壁が収縮し、銜え込んだ有生の指を締めつけた。布越しに尖った乳首を引っ張られ、慶次は仰《の》け反《ぞ》って射精した。

「はぁ……っ、はぁ……っ、はぁ……っ」

気づいたら絶頂を迎えていて、慶次は荒々しい息遣いで腰を跳ね上げた。精液はTシャツにかかり、腰がびくつく。

「あー、フェラでイかせてあげようと思ったのに……。やっぱ慶ちゃん、お尻と乳首のほうが気持ちいいんだ？　あー慶ちゃんの身体がエロすぎて興奮する。早くベッド、行こ」

有生は慶次の身体から離れ、ティッシュを取り出して精液を拭いた。慶次は触れられるたびにびくりと腰を跳ね上げ、まだ整わない息遣いで床に転がった。

「お姫様抱っこしてあげる」

ぼうっとしたままの慶次を有生が横抱きに抱きかかえる。慶次は素直にその首に腕を回し、事後の余韻に浸っていた。


今日は舐めたい気分と言って、有生は文字通り慶次の全身を舐め回した。少しでも反応があるとしつこく舐められ、首筋や鎖骨、太ももは痕がつくほど吸われた。尻の穴に舌を差し込まれた時は背筋を電流のようなものが走り、先走りの汁があふれ出た。一時間くらい口で愛され、やっと有生の勃起した性器を入れてもらうと、身体が弛緩して深い絶頂を迎えた。その頃にはお互い獣耳が出ていて、理性は飛んでいた。

「ひ……っ、は……っ、あ……っ」

内部はぐずぐずに溶けていて、有生の硬い性器で奥を突かれると、信じられないくらい気持ちよかった。有生はコンドームをつけていて、今日は長く中にいると恐ろしい言葉を吐いている。

「はー……、慶ちゃんの中、気持ちいい……。すげー締めつけてくる」

座位の体勢で有生を受け入れたせいか、深い部分まで性器を銜え込んでいた。わずかな身じろ

ぎにさえも感じてしまう。慶次はとろんとした顔で有生にもたれかかった。

「慶ちゃん、気持ちいい?」

有生は慶次の髪を撫で、頬や鼻筋にキスをして聞く。

「ん……、お尻、気持ちぃー……」

有生の背中に手を回し、慶次はうっとりして囁いた。有生の上半身に尖った乳首が触れると、それだけで奥が疼《うず》く。セックスしていると有生と繋がっている感じがして、満たされる。一つになったようだ。

「あー同棲ってサイコーだね。会いたい時にすぐ会えて、ヤりたい時にすぐヤれる」

緩んだ表情を隠しもせず、有生は慶次を抱きしめて言う。有生の長い指先が耳朶《じだ》に触れ、ふっくらとした部分を揉んだ。もう片方の手で結合部分を撫でられ、慶次は切ない吐息をこぼした。

「慶ちゃんの身体が俺仕様になってて、可愛い……。ほら、揺さぶってあげる」

耳朶に唇を押し当て、有生が小刻みに律動する。ベッドがかすかにきしんで、慶次は「あっ、あっ、あっ」と声を上げて背筋を反らした。小さな動きだが、先ほど達したばかりの敏感な身体は、快楽をダイレクトに受けた。気持ちよくて涙が滲み出る。

「乳首も可愛がってあげるね」

感じている慶次を楽しそうに見つめ、有生は指先で乳首をぴんぴんと弾く。尖った乳首を摘《つま》み上げられ、引っ張ってコリコリと弄られる。指先で乳首を執拗に刺激され、慶次は涙混じりの喘ぎ声をひっきりなしにこぼした。

「んあ……っ、ぅ、あっ、あ……っ、またイっちゃう……っ」

乳首を弄られ続けると、銜え込んだ内部が痙攣《けいれん》するのが分かった。締めつけたくないのに、内壁がぎゅーっと有生の性器を包み込む。腰がびくっと跳ねるのも嫌だし、獣みたいにずっと息が荒いのも恥ずかしい。

「あ、こっちも気持ちいいって教えておかないとね」

有生は慶次の腹部をぐーっと押して囁いた。外から有生を銜え込んでいる辺りを刺激され、慶次はびくびくっと身悶《みもだ》える。

「中と外から刺激すると、たまらないでしょ？　はは、慶ちゃんエロ可愛い」

腹部を外から優しく揺すられたかと思うと、いきなりずんと突き上げられる。有生の性器が入ってはいけない部分まで入り込んで、慶次は声もなく身を仰け反らせた。

「ひっ、は……っ、ひあ……っ、あー……っ」

慶次があられもない声を上げて快楽に悶えると、有生が慶次の腰を押さえ込んで下から突き上げてくる。

「は……っ、は……っ、慶ちゃん、今、結腸んとこ入ったね？　あーマジで締めつけやべー」

有生の声が切羽詰まったものになり、奥まで突き上げてくる。

「やー……っ、あー……っ、やだぁ、や……っ」

有生の性器が奥を突き上げてくるたび、全身を激しい快楽が襲った。声が殺せなくて、身体はびくびくするし、何よりも力が入らない。腹の辺りが痙攣しているのが分かる。容赦なく有生は奥を穿《うが》ってきて、慶次は仰け反ってベッドに倒れ込んだ。

「ひ……っ、は……っ、イってる、イってる、から……っ、も、許して……ぇ」

目がチカチカして、突かれるごとに高みに駆け上っていく。慶次が泣きながら甲高い声を上げると、有生は余計にいきり立った様子で、慶次の両足を広げてきた。

「うー……っ、慶ちゃんの中、ヤバい……っ、あー腰止まんね……っ」

慶次をベッドに押しつけ、有生は伸し掛かるようにして腰を振ってくる。ぐぽっ、ぐぽっと卑《ひ》猥《わい》な音が耳に届く。

「あー……っ、あー……っ、やだやだ、怖い……っ、ああああ……っ」

怖いくらいに有生に身体の奥をこじ開けられ、慶次は泣きながら痙攣した。イってるのか、イってないのかもはやよく分からなくなっていた。精液は出ていないのに、何度も絶頂を迎えているようで、身体がおかしくなっている。

「やあああっ、ひあああ……っ」

奥に入れたままぐりぐりと性器を動かされ、慶次は大きく腰を跳ね上げた。

「はぁっ、はぁっ、あーゴムつけてなかったらとっくにイってた……。慶ちゃん、そろそろ俺もイくからね」

頬を上気させ、有生が慶次の腰を抱え上げ、激しい音を立ててずぼずぼ突いてくる。慶次はもう声が嗄れていて、ひたすら仰け反って泣くことしかできなくなっていた。やがて有生が苦痛に耐えるような声を上げ、内部で射精した。

「はぁ……っ、はぁ……っ、あー気持ちいー……、やっぱ前戯に時間かけると、慶ちゃんの反応がすげーいいな……。それにしても感度よすぎ。ねぇ、慶ちゃん」

有生は乾いた唇を舐め、ゆっくりと性器を引き抜きながら言う。慶次は楔《くさび》を抜かれ、糸の切れた操り人形のようにばたっとベッドに沈んだ。

「慶ちゃん？」

有生の声が遠くから聞こえてくる。慶次は意識を失い、白目を剝いた。

激しいセックスで失神してしまった慶次は、有生と狐の看護で夜には正常に戻った。暑い季節に水分補給もせずに行為に耽《ふけ》っていたのも問題だったかもしれない。疲労感で夕食を食べる気にはなれず、慶次はそのまま寝ると言った。

「慶ちゃん、ごめん。ちょっとヤりすぎた」

ベッドに慶次を寝かせて、有生は口元にペットボトルの水を運ぶ。

「ん……」

慶次はまだぼーっとしていて、与えられた水を飲み、横になった。有生とのセックスは気持ちいいが、時々度を越している気がしてならない。他のカップルは皆こんなに激しい行為をしているのだろうか？

「……ところでお前、健に怒ってたけど、もういいのか？」

慶次に添い寝を始める有生に言うと、軽く笑われた。

「あー、まぁ慶ちゃんが人を見る目ないなんて今に始まったことじゃないし？　何で俺もあんなイラついてたのかな。まぁどうでもよくね？」

険悪だったムードはどこへやら、有生は何事もなかったように慶次の髪を撫でる。その程度で直るような機嫌だったら、真剣に考える必要はなかったと慶次は呆れた。有生の機嫌はちょっとしたことで変わる。

「そういやお前、肉体のアップデート的なこと言ってたけど、どーゆーこと？　もう身体、大丈夫なのか？」

電気を消してこのまま寝るという段階になり、慶次はふと思い出して尋ねた。

「ああ。霊力高めるために、肉体を変化させてる最中ってこと。白狐と契約した後もこんな感じだった。眠気マックスからの頭痛、そして高熱。これを三セット繰り返す。今日は平気だけど、また眠くて動けなくなると思う」

有生にあっけらかんと言われ、慶次はおののいた。そんなふうに身体に影響を及ぼすなんて、聞いたことない。

「何でそれが今、起こってるんだ？」

素朴な疑問を感じて慶次は聞いた。討魔師になりたての頃なら、何となく理解はできる。眷属を身に宿すと、視えないものが突然視えるし、特殊な力を使えるようにもなるので、精神と肉体のバランスが崩れるのだ。だが、有生はすでに何年も仕事をしているし、白狐の力も使いこなしている。

「あーうん」

有生はそう言ったきり何も言わずに目を閉じる。声音から理由は知っているが言いたくないというのが滲み出ていた。

「教えてくれよ」

慶次は気になって有生の頬をつねった。有生が目を開けて、慶次を抱き込む。

「いいから寝よ」

有生は答えを教えるつもりはないらしく、強引に会話を終わりにした。納得いかないまでも、慶次も身体の疲れを感じて瞼を閉じた。

昨夜言っていた通り、翌日からまた有生のベッドから出てこない生活が始まった。

二度目なので慶次も少し落ち着いて対処できた。日中寝てばかりの有生を放って母屋に行くと、東京へ行っていた耀司と律子が戻っていた。二人と行動を共にしていたのか、健の父親である伯父も一緒だ。

「やー、まったく困った教団だわ。ぜんぜん健に取り次いでくれない」

律子は東京土産の和菓子を差し出し、うんざりしたように言った。母屋には当主と巫女様、中川が顔を揃えている。

「今回は息子のせいで当主の手をわずらわせてすみません」

伯父である山科辰雄《やましなたつお》は暗い顔つきで頭を下げた。三人で『まほろばの光』の東京支部と大阪支部に行ってきたようだが、取りつく島もなく追い返されたそうだ。

「父親が会いたがっていると言っても、本人に会う意思はないの一点張りでさ。あとはもう弁護士通すか、警察に介入してもらうかだね。それでも未成年じゃないし、健を連れ戻すのは難しいかも」

律子はやれやれと言わんばかりに肩を揉み、テーブルの上にあった煎餅を手に取る。

「一応健は今東京支部にいるみたい」

教団を訪れた時の様子を聞きながら、慶次は伯父のやつれた様子に胸を痛めた。

「眷属使ってどうにかならないんですか？」

慶次がやきもきして聞くと、耀司が苦笑する。

「眷属に人の心を変えさせるのは難しいよ。特に今、健はあの教団をいいものと思い込んでいるし」

そんなものかと慶次は気落ちした。眷属の力は万能ではないと分かっているが、つらそうな伯父を見ていると何かできないかと焦れったくなった。

「俺、健に連絡してみましょうか？」

健と会うことに有生は大反対しそうだが、健を教団の外に連れ出すだけでもやる価値はあると思えた。

「それはもう少し待つがええ。今、県警に協力を頼んでおるから」

巫女様は声を落として言う。巫女様は高知にある『まほろばの光』の建物内部で人が何人も殺されていた形跡があるという話を県警の知り合いの刑事にして、取り壊し予定の建物を捜査するよう仕向けたそうだ。あそこは『まほろばの光』の本部だったらしく、もしそこで人が死んだ痕跡があれば、教団に捜査のメスが入るはずだ。

「ともかく、事態が動くのを待って、また健奪還作戦を立てなきゃね」

律子はやる気を取り戻したのか、力こぶを作る。

「そういや、慶次。頼んだ仕事、すごい速かったし、いい出来だったよ！　あんたには才能があるわ。悪いけど、もう二十件頼まれてくれない？」

煎餅を五枚食べた後、律子はにこにこして慶次を褒めてきた。褒められるのは嬉しいが、何だか縁結びの仕事ばかり回されそうで不安だ。

「なぁ、何で俺の処理した相談、恋愛事ばっかりなんだ？　勝利も同じような内容？」

気になって律子と中川に聞くと、首をひねられる。

「内容は適当に割り振っただけです。慶次君のほうは恋愛の悩みが多かったのですか？　勝利君のほうはいじめや人生に悲観した悩みが多かったようですけど」

偶然と言いつつ、まるで人を見たような内容の割り振りに、慶次は納得がいかなかった。

「勝利君は回答内容に問題があり、再提出を頼んであります。何しろ返事が是とか非とかヤバすぎとか絶望とか、とても相談者に返せないものばかりで」

中川はため息混じりにこぼす。

「慶次君、ちょっと彼を指導してあげてくれませんか？　勝利君、午後から本家に来ますから」

真面目な口調で頼まれ、慶次は断り切れずに頷くしかなかった。自分だって初めての仕事だったし、まだ新人枠なのに。とはいえ、頼まれると張り切ってしまうのも事実だ。

「仕事速いし、これから慶次を助手にしようかしら」

律子は慶次の仕事の出来栄えにすっかり満足した様子で呟く。思わぬ方向に話が進みそうで、慶次としては気が気ではなかった。

午後には予定通り勝利が本家にやってきた。相変わらず前髪が重くて、視線が合わない。黒いリュックを背負って案内された客間に現れると、おどおどした様子でリュックからノートパソコンを取り出す。

「勝利君、律子さんに頼まれたんで、僭越《せんえつ》ながら俺が指導するよ」

慶次はなるべく笑顔で感じのよい雰囲気を作ることを心掛けながら勝利に接した。六畳ほどの客間にはテーブルと座布団があるだけで、他には何もない。勝利がパソコンを開いたのを見て、慶次もノートパソコンを開き、あらかじめ中川から渡されていたデータと突き合わせた。

「一つ目だけど、あまりに返答がそっけなさすぎるというか、相談者のことを考えて、もう少し寄り添った回答をするのがいいかと俺は思うんだけど、どうかな？」

笑みを顔に貼りつけ、慶次は勝利に促した。一つ目の質問は学校でいじめられていてつらい、学校をやめたいという悩みだった。それに対する勝利の返事は「やめてオケ」という短いものだ。

「相談費用は安いかもしれないけど、五文字で千円は高くない？」

慶次は思ったことを素直に伝えた。すると勝利の目がぎろりと動き「確かに」と頷く。少し気持ちが通じた気がして、慶次は身を乗り出した。

「だろ？　もっと相談してきた人が明るい未来を描けるような言葉をつけ足したほうがいいと思うんだよね！　ほら、勝利君だって、自分が悩みを打ち明けたら親身になって答えてほしいと思うだろ？」

こう言えば勝利も納得するに違いないと思い慶次は意気込んで言ったが、それに対する返答は、失笑だった。

「俺……悩み打ち明けたりしないんで」

小馬鹿にした言い方に慶次は笑顔を引き攣らせた。

「そ、そうなんだ？　でも、いろいろ家庭や学校で悩んだから引きこもってたんじゃなくて？　きっと君なら彼らのつらい気持ちが分かるから、こういう悩み相談が来たんだと思うんだけど」

誠意をもって接しているが、勝利の態度はあまりよろしいとは言い難い。先ほどまでおどおどしていたはずの勝利は、慶次の言葉に明らかに白けた空気を出した。

「学校とか馬鹿ばっかりで行く気になれなかっただけですよ……。父親は好きじゃないけど、ニートさせてくれるんでまぁ別に……。結局無理やり討魔師の試験に連れ出されたけど……」

小声でぶつぶつ言い出した勝利に、慶次は言葉をなくした。

「っつか、引きニートだからって似たような境遇の奴らの気持ちが分かるとか、ありえなくないっすか？　それぞれ立場が異なるし、こいつのつらさなんて分かるわけないっすよ……。俺みたいに社交的で討魔師やっててていかにもいい父親面した親父を持ったつらさなんて、こいつも分かんないだろうし……。あれこれ書くより、事実だけ書くほうがマシじゃないっすか？　学校やめたほうがいいんだから、やめてオケで通るでしょ……。まぁ、五文字千円が高いって気持ちは分かるんで、何か足しますけど」

うつむいたまま勝利がぼそぼそと答え、慶次は両方の拳を握って身震いした。

(有生とは違う意味でめんどくせぇ！)

咽まで出かかった言葉を何とか呑み込む。勝利なりに考えての返答だったのは分かったが、こんな厄介な性格の後輩を指導しなければならないのかと思うと眩暈《めまい》がする。

『ご主人たま、感情を抑えて！　冷静に！　後輩の指導とはとかく大変なものでありますよぉ。ファイト！』

慶次を案じてか子狸がぴょんと飛び出てきて、慶次にエールを送る。慶次も息を整え、感情を押し殺して頭を回転させた。

「勝利君の言い分は分かった。じゃあとりあえず五十文字分がんばるってことでどうかな？　それだけあれば相談者も納得できると思う」

勝利に感情論を唱《とな》えても無理だと悟り、慶次は別の提案をしてみた。

「はぁ……分かりました」

慶次の提案を勝利は素直に受け入れ、ぱちぱちと文字を打ち込み始めた。できたものからチェックしていき、それなりによい回答文ができたと確認して中川に送る。

勝利は休憩も入れずに仕事を進めたが、全部終わる頃には夕刻になっていた。

「お疲れ様。これで終わりだね。よくできたと思う」

最後の回答をチェックして、慶次はにこっと笑った。すると勝利が固まり、頬を赤くする。

「あ……ども」

視線を逸《そ》らしつつ会釈され、慶次は安堵した。途中、不満そうだったが、最後にはいい感じで終われた。意外に褒め言葉に弱いのかもしれない。

「もう家帰る？　泊まっていくなら巫女様に声をかけて。そういや、子狼どうしてる？」

ノートパソコンを閉じ、慶次はきょろきょろと預けた子狼を探した。すると勝利の背中の陰から陰気な子狼が出てくる。

『ぐふ……、お久しぶりっスね……。ここは居心地よくて最高っス……。僕、ずっとここに居たい、働いたら負けって気がするっス……。引きニートサイコー……』

陰気な笑みを浮かべながら子狼が恐ろしい発言をする。

「い、いやそれじゃ駄目だろ。お前が成長するかもと思って預けてるんだからな！　後退しているようなら連れ戻すぞ！」

以前とは別のベクトルで駄目になっている子狼に、慶次は思わず大声を上げた。眷属は人を助けることで成長していくものだ。

「勝利君、子狼に仕事を任せてあげてくれるかな？　雑用でいいから」

慶次は勝利の背中に隠れた子狼を気にしつつ言った。御嶽《みたけ》神社の黒狼に頼まれた子狼だ。きちんと見守らないと顔向けできない。

「あ、はぁ……。正直、八咫烏より話が合うんで……ふつうに話相手になってもらってました。

雑用……考えてみます」

　勝利は陰気な子狼を気に入っているらしい。厳格さを醸《かも》し出している八咫烏は勝利とは気が合わないだろう。けれど八咫烏は勝利とならば仕事ができると思い、契約したのだ。

　子狼は気になるものの、まだ勝利から離れたくないようなのでそのままにしておいた。勝利と別れた後、もう一体の子狼が気になって瑞人の部屋を訪ねた。

「あ、慶ちゃん。仕事終わったのー？　僕は宿題と格闘中だよっ」

　瑞人は学校から帰り、机に向かって勉強しているところだった。瑞人の部屋はパステルカラーをふんだんに使い、ぬいぐるみや可愛い雑貨であふれている。本人も中性的というか、どちらかというと女性っぽい。

『うぇーい、子狸、おひさーっ。今日もおもしろおかしく生きていこーぜいっ』

　ユニコーンのぬいぐるみに跨《またが》っているのは、陽気な子狼だった。こちらも以前とはまた違う感じでおかしくなっている。星形のサングラスをかけているし、電飾のネックレスを何重にもして首にかけている。

「やーん、慶ちゃん、この子すっごい気が合うのー。もはや僕の分身？　って感じだよー。ねー、ぽちちゃん、うぇーい」

　瑞人はすっかり陽気な子狼を気に入ったようで、ハイタッチしている。何故か二人して急に踊り出すし、ついていけない空気だ。

「あ、あのな。俺は黒狼に頼まれてるから、成長してくんなきゃ困るんだよ。あまりに変になっていったら、連れ戻すからな？」

明るいというより何も考えていないような子狼を眺め、慶次は厳しい声音で告げた。

『はいはい、よろぴくー。朝までオールで遊ぼうぜいっ』

慶次の話を聞いているのか聞いていないのか、かなり不安な返答だ。こちらもまだ連れ戻すには早かったので、慶次はすごすごと引き下がった。

「子狸、あいつら大丈夫かな……？」

階段を下りながら、慶次は不安になって問いかけた。子狸は『うーむむむ』と腕を組んで返事をしてくれなかった。玄関へ続く廊下を進んでいると、どこからか聞き覚えのあるぼそぼそした声がする。嫌な予感がして廊下の曲がり角で立ち止まって玄関のほうを窺うと、勝利が靴を履いているのが見えた。靴ひもを結んでいるのか、背中を丸めて屈み込んでいる。

「慶次さん……何かすげー俺に親切だったな……にこにこしてるし……、俺に気があるのかな？　そういや以前もやたら声かけてきたよな……。よく見ると顔、綺麗だし……告られたら、まぁ……、どうしてもっていうなら……」

小声で呟いている内容に、慶次は戦慄《せんりつ》を覚えた。突っ込みどころが満載で、思わず駆け寄って頭を叩きたくなった。相手が新人討魔師でなければやっていただろう。多大な努力でどうにかそうしたいのを抑え込んでいる間に、勝利は帰っていった。

『ふぉお、こじらせすぎの新人討魔師でありますね。恋愛偏差値ゼロであるのが、容易に見て取れますぅ。ちょっと優しくされると好きになっちゃう童貞男を可愛く思うか、キモく思うかは意見が分かれるところでありますね』

子狸もかなり呆れている。討魔師になれる素質とは一体何だろうと疑問を持った。

「有生、聞いてくれよ！」

吐き出したい気持ちを訴えようと離れに戻り有生を探したが、朝から夕刻のこの時間まで延々と眠り続けていると緋袴姿の狐に教えられた。

欲求不満が溜まっていく。これはいけないと、慶次は座布団を何枚も重ねて、上から拳を叩きつけた。

「誰が気があるって!? あるわけねーだろ！ めんどくせぇけど、我慢して相手してやってんだよ、こっちは！ っつうか、新人なんだから先輩に指導されたらハイ分かりましただろ！ あとお前、声小せぇんだよ！ 腹から出せ！」

憤りを本人にぶつけるわけにはいかなかったので、慶次は座布団にぶつけた。拳を交互に叩きつけて、怒りをぶちまける。思い切り座布団を殴ったら、少しだけすっきりした。

「はぁ……後輩の教育って大変なんだな……」

いい先輩であろうとして、今日は自分らしさがなかった気がする。次からは好意があるなどと勘違いされないように、事務的に接しようと決めた。

『でもご主人たま。あんなに半人前だったご主人たまが、後輩を指導する役目までもらえたのでありますよ。これってすごいことじゃないですかぁ？　ご主人たまの成長においらも目頭が熱く……』

沈んでいる慶次に、子狸は目元を押さえて言う。言われてみるとその通りだ。慶次は元気を取り戻し、座布団を元に戻した。

「そうだよな！　俺たち成長してるぅ！」

『その通りでありますぅ！　おいらたち、成長中ぅ！』

子狸と一緒に拳を突き上げ、慶次は笑顔で褒め合った。有生が見ていたら、きっとキモいと引いていたであろう。今はその毒舌も懐かしい気がして、早く元の状態に戻るよう祈るばかりだった。

■4　井伊家を調査しろ

その後も有生は眠り続け、一週間もすると頭痛を発症し、高熱を出すというサイクルを続けた。二度目の高熱は前回よりも少しマシだったので、慶次も死ぬ死ぬと慌てることはなかった。だが、やはり苦しそうな有生を見ていると胸が痛くなる。病気は代わってやれないが、せめて楽になるようにとせっせと看病した。

八月に入り、暑さと湿度で倒れそうになる日々が続いた。慶次は有生が不調なので、律子に頼まれてネット経由の相談事の仕事ばかりしていた。数をこなすうち、恋愛事以外の悩みに当たることも多くなったが、それでもやはり多いのは恋愛問題だ。慶次のほうでも相談内容を読んだだけで、どうすればいいかすぐに答えが出せるようになり、律子から絶大な信頼を置かれるようになった。

「慶次、相談があるんだけど」

離れに律子が現れ、改まった様子で言われた。居間に通すと、眠い周期の有生が珍しく起きてきて慶次の横に座る。とはいえ、有生は座っていられずに慶次の膝に頭を載せている。律子は半ば眠った状態の有生をしげしげと眺め、狐に出された冷茶に口をつけた。

「眠いと本当に無害な感じなのよね。ずっとこのままでいてほしいわ」

律子は有生といても平気な一人だが、それでも負のオーラは感じている。慶次はよく分からないが、眠い時の有生は恐ろしい気を放っていないらしい。

「うー……律子さん、話って何……」

慶次に膝枕されている有生が、地の底から響くような声で言う。それを言うべきは慶次なのだが。

「ああ。実はね、例のネットで相談事承《うけたまわ》っている仕事なんだけど、慶次が有能だからスピリチュアルカウンセラーーリツコの弟子ってことで、新たにサイトを立ち上げようと思うんだけど」

律子は何故か有生のほうに向かって答えている。

「はあああ？　俺っ、そりゃ仕事を選べるほどベテランじゃないですけど、スピ……何とかを名乗るような仕事は嫌です！　っていうかそれって資格とかいるんでしょ？　よく分かんないけど、俺のやりたいことと違うっ」

慶次は膝に載せていた有生を跳ね飛ばしそうな勢いでまくし立てた。

「いやースピリチュアルカウンセラーって言ったもん勝ちなとこあってさ。公式の資格なんてないわよ。そりゃ有名なスピ系の団体はいるよ？　そこで習って認定された人とかもいるけど、有《う》象無象《ぞうむぞう》がはびこる世界だから。結局は口コミがものを言うかな。その点は慶次、太鼓判を押せるし」

「だからって、俺は……っ、俺は……っ」

慶次はどう言えばいいか分からず、じたばたした。膝が揺れるので有生の目が開き、のっそりと起き上がる。

「スピリチュアルカウンセラーケイジ……ぷっ」

有生が肩を震わせて笑い出し、慶次は反射的にその頭を叩いた。有生に言われるとうさんくささが倍増した。笑っている有生の首をホールドし、こめかみをげんこつでぐりぐりした。痛かったのか、有生が「ギブギブ」と腕を叩く。

「いいじゃん、慶ちゃん。才能があるからスカウトされてんでしょ？」

やっと笑いを収め、有生が言う。スカウトと言われると少し矜持《きょうじ》をくすぐられ、胸が躍る。

だが、何か違う。慶次が目指しているものと違う。

「だから俺は妖魔を倒したり悪霊を倒したりしたいんであって……っ」

「サイトはこっちで作るからさ。依頼は一件につき最初は五千円から始める。慶次の取り分は八割だよ。対面も可能なら一時間二万くらい取ってもいいと思う。基本的に依頼者の質問に答えていく感じで……」

律子はどんどん事務的な内容を話していく。対面で一時間二万円も取っていいのかと慶次は目を丸くした。律子に言わせると、もっと高額なところはいくらでもあるらしい。

「慶次の気持ちも分かるけど、ネットで相談事を請け負うだけで、仕事内容は変わらないかもしれないじゃない？　依頼者が除霊してほしかったり、悪霊に苦しめられたりしていたら、それを助ければいいんだし」

淀みなく流れてくる律子の言葉に、慶次の心はぐらぐらした。

「まぁ正直、あんたに憑いてる眷属が縁結び系が強いからそういう依頼が多いだろうけど。恋愛事で悩んでいる若い子を救うっていうのは、人を助けるっていう慶次の理念とそんなに相違ないんじゃない？」

律子に説得され、慶次は反論できなくなっていた。

「……少し、考えさせて下さい」

しゅんとして慶次はそう答えた。律子は慶次の肩を叩き「いい返事を期待しているよ」と声をかけて去っていった。

『ご主人たま……やりたいことと求められることの方向性が違って、悩ましいですよね……。おいらがもっと悪霊に強い眷属だったら……。可能か分かりませんが、眷属チェンジしたいでありますか……？』

慶次と同じくらい思い悩んでいる様子で子狸に言われ、ハッとして顔を上げた。

「そんなことない！　子狸はそのままでいいよ！　チェンジなんて言うなよぉ！　お前がいなくなったら俺……っ、絶対駄目だからな！」

子狸がしばらくいなくなった時も情緒がおかしくなった経験があるので、慶次はすがりつくようにして叫んだ。今さら眷属を替えるなんてありえない。子狸と歩んできた日々がある。

（でも……そうだよな。子狸の力を存分に使えるのは、人と人を結ぶ仕事なんだ……）

自分のやりたいことばかり考えていたが、眷属の力をフルに発揮するなら、律子の助言に従って仕事を受けるべきだろう。

『ご主人たま……っ、おいらも、他の人は嫌ですぅ！』

子狸と目を潤ませて抱き合っていると、有生が大きなあくびをする。

「まだやんの？　その三文芝居」

しらっとした表情で有生に言われ、慶次はムッとしてそっぽを向いた。

「お前は寝てろ！　いや寝るな！　肝心な時に寝てばっかで！　早くその変なサイクルから抜けろ！」

子狸を抱きかかえ、慶次は唾を飛ばして文句を言った。

「俺だっていい加減抜けてーわ。あ」

有生が嫌そうに顔を顰めて慶次を見やる。同時にポケットのスマホが鳴り出して、慶次は取り出した。公衆電話からスマホに電話がかかってきている。

「出ないでいい」

不機嫌そうに有生が言ったが、その時には「応答」をタップしていた。また柊也からだろうかと身構えていると、『慶次！』という切羽詰まった声がした。この声は間違いなく、健だ。

「健か？」

慶次はちらりと有生を見やり、音声をスピーカーにした。

『俺だよ、俺！　よかった、うろ覚えだったけどあってた！　今東京支部からかけてる。慶次、助けてくれ！　スマホも身分証も全部取られちまった！　お前を連れていかないと俺、殺されるよぉ！』

涙声で健が訴えてきて、慶次は有生と目を合わせた。あれから伯父が健とコンタクトを取ろうと何度も教団を訪れていたが、埒《らち》が明かないとのことだった。やっと健と連絡がついたと思ったら、最悪の展開だ。

「教団がヤバいとこだってやっと気づいたのか？　俺を連れてこいって言われたの？」

健はかなりパニックになっているようで、声が震えている。

『警察が入ってきて、急に上の人が怖くなったんだよ！　俺、外に出ようとしたらスマホも財布も奪われて、師匠に慶次を呼び出せって！　呼び出さないと持ち物全部返してくれないって言われた！　なぁ、俺、どうすればいい？　慶次、少しでいいから師匠と会ってくれよ！』

かなり身勝手な言い分だが健は涙ながらに訴えてくる。慶次がため息をこぼすと、横から有生がスマホを奪った。

「行くわけねーだろ、お前は馬鹿か？　お前の入っている教団、殺人集団だよ？　そこへ慶ちゃんを連れていくとか、いっぺん死ねば？　むしろ俺が殺してやろうか？」

有生は眠気を飛ばす勢いで深く静かに怒っていて、容赦のない言葉を叩きつける。

『ひっ、ゆ、有生さん!?　お願いします、俺を助けて下さい！　俺、教団に借金してて、それを返さないと脱退できないって言われてて』

健はまるでヤクザに脅されているような話をしている。弱者を助けているはずなのに、どうして借金を背負っているのか理解不能だが、教団はあの手この手で健をはめたのだろう。

「有生、健を見捨てておけないよ」

健に言いたいことはいろいろあるが、従兄弟だし、昔からのつき合いもあるから見殺しにはできない。

「はぁあ？　あー慶ちゃんの偽善ムーブ出たわ。あのね、因果応報ってのがあるの。こいつにはこうなっただけの積み重ねがあるの。警察の手が入ったなら、慶ちゃんが行かなくても平気でしょ。そのうち解放されるよ。運が悪けりゃ死ぬだけ」

辛辣《しんらつ》な有生の言葉に、健は打ちのめされて泣き出した。自業自得といえばそれまでだが、教団には健のような人間を堕とすシステムが出来上がっていると感じた。それにこのままでは健の父親も可哀想だ。

「分かった、そっち行くから。明後日の日曜日の昼間に、大きな公園とかで会えないか？」

慶次は有生からスマホを奪い返し、泣いている健に言った。明るい開けた場所なら、教団も無茶はできないだろう。慶次の提案に対し、少し間が空いた後、東京支部は渋谷《しぶや》区にあるので、代々木《よよぎ》公園で落ち合おうと言われた。

『慶次ぃ！　ありがとう、ありがとう！　俺、教団がお前に何かしようとしたら守るから！』

とても信じる気になれないことを言う健に、慶次は苦笑した。続けて話そうとしたが、有生にスマホを奪われ無理やり切られた。有生は恐ろしい形相《ぎょうそう》でスマホを慶次の背後にいた緋袴姿の狐に放り投げる。

「慶ちゃんのスマホ、隠しといて」

怒りを無理に抑え込んだ表情で有生が言う。緋袴姿の狐は慶次のスマホを抱えたまま、すーっと消えた。

「おい！　俺のスマホ、仕事にも使うんだぞ！」

勝手に持ち物を奪われて、慶次も声を荒らげた。

「罠《わな》に飛び込むとか、何考えてんの？　あのさ、今俺が使い物にならないの分かってる？　慶ちゃんを助けられなかったらどうすんのさ」

有生は吐き捨てるように言う。有生の苛立ちが伝わってきて、慶次もどきりとした。変なサイクルにある今の有生は、井伊家と対峙した時に万全の状態で臨《のぞ》めるか分からない。その焦燥感が伝わってきて、慶次まで落ち着かなくなった。

「話は最後まで聞けって。俺だって、罠だって分かってるよ。だから、耀司さんや律子伯母さんに手を貸してもらうつもりだ」

慶次が居住まいを正して言うと、有生の険しい表情がほんの少し緩む。

「ともかく健が外に出てこないと、どうにもならないだろ？　東京支部に隠れてたら、こっちも手が出せないしさ」

宥《なだ》めるような声で慶次が言うと、有生も黙り込んだ。ともかく、行動に移すべきだと慶次は母屋に行こうとした。有生はのそのそした足取りでついてくる。不満はあるのだろうが、経緯を見守ることにしたのだろう。

慶次は母屋に行き、当主に健から連絡があったことを告げた。内容を聞き、すぐに当主は耀司や律子、健の父親と連絡を取る。健を取り戻すために耀司と律子が一緒に東京へ行ってくれることになった。段取りを話し合っている間にパソコンでネットニュースを調べていると、『まほろばの光』に公安の捜査が入ったという記事が出てくる。巫女様が警察にかけあったおかげで、教団自体を追い詰めることができそうだ。コメント欄には、被害を受けた人の話がたくさん書き込まれ、オカルト教団としてその界隈《かいわい》では有名だったとある。

親族が話し合う中、最初は起きていた有生はいつの間にか座布団を枕に寝ていた。今回、有生の力を借りるのは本当に無理かもしれない。自分の身は自分で守らねばと堅く決意した。

明日には耀司たちと車で東京へ行くことになり、慶次は早めに就寝しようとした。だが、考え事が多いせいかなかなか寝つけない。健のことや『まほろばの光』のこと、バックについているという井伊家のこと、さらには柊也はどうしているのかと考えて何度も寝返りを打った。

(待てよ。俺、井伊家のこと、よく考えたらぜんぜん知らないよな)

ふとそう思い、慶次は起き上がった。そういえば、以前有生は井伊家について調べていた。その資料を見せてもらえないだろうか？

思いつくといても立ってもいられず、慶次は有生の寝室へ急いだ。有生は熟睡していて、慶次が揺さぶっても起きる気配がない。時刻を見ると、夜十一時だ。もしかして母屋に起きている人がいるかもしれないと考え、駄目もとで駆け出した。

「慶次君、どうしたの？」

そろそろと母屋の玄関の引き戸を開けて中に入った慶次は、運よくまだ寝ていなかった耀司と廊下で会えた。パジャマ姿の慶次に耀司は首をかしげる。

「あのっ、耀司さん、俺井伊家について知りたいんです。確か有生が調べた資料がありましたよね？」

慶次は意気込んで言った。耀司は少し考える様子で、「ちょっと待ってて」と奥へ引っ込んだ。十五分ほどして戻ってきた耀司は、紙の束を抱えている。

「これ、貸してあげる。二年前に有生が調べた分だよ。情報が古い部分も多いけど、大体のことは分かるだろう」

紙の束を慶次に手渡し、耀司が微笑む。慶次は深く頭を下げた。

「ありがとうございますっ、耀司さん！」

慶次は資料を大事に抱え、何度も礼を言って離れに戻った。自分の部屋に入ると、井伊家の資料を一枚一枚めくっていく。

井伊家は弐式家と同じく血の繋がりを重視している。本家の当主を筆頭に、力のある者が高い地位についているようだ。本家の当主には三人の息子がいて、長男の井伊風斗《ふうと》、次男の井伊龍樹《たつき》、三男の柊也とある。風斗は当主に次いで強い力を持っているようだ。年齢からみると、以前会った金髪の男は、次男の龍樹だろう。資料には妖魔を使役できる井伊家の人間の名前や年齢、住所が載っていて、『巣』と呼ばれる妖魔を育てる場所が書き込まれている。

資料には以前慶次が関わりを持った井伊直純《なおずみ》や井伊涼真《りょうま》の名も記されていた。井伊家は妖魔を使役している。暗殺やライバル企業への妨害、特定の人物に呪いをかけたり、邪魔な人を陥れたりと妖魔の力を操って報酬を得ているのだ。妖魔同士を掛け合わせて強い妖魔を作ったりもしていて、それらはすべて妖魔の意志を無視してやっている。以前有生は井伊家が使役した妖魔の契約を解除して、本人に差し向けたことがある。妖魔は本来他人に従うのを嫌うので、解き放たれたとたん使役した主を殺すのだそうだ。弐式家と同じシステムに見えるが、絆で結ばれているのでまったく違う。

井伊家の資料を全部読み終え、慶次は欝々《うつうつ》とした気持ちになった。どうしてこんな一族が未だにはびこっているのか、やりきれない気持ちになったのだ。

資料を見てつくづく感じたのは、弐式家と井伊家は対立しているわけではないということだ。弐式家は井伊家のやることを良しとは思っていないが、だからといって邪魔したり、妨害したりしているわけではない。眷属を妖魔化しようとしている時は眷属を守りに行くが、井伊家と争っているわけではない。慶次からすると、何でこんな危険な一族を放置しているのか、納得いかなかった。

「なぁ、子狸。井伊家を放っておいていいのか？　黙っているとあいつらどんどん悪に手を染めていくんじゃないか？」

慶次は布団に寝転がり、子狸に尋ねた。

『ご主人たまぁ、眷属は決して誰かを呪ったりしないのですぅ。どんなに悪い人間でも救いの芽はあり、その芽が芽吹くのをじっと待っているのでありますぅ』

子狸は枕の横にちょこんと座り、穏やかな口調で言った。

「ええっ、こんな救いようのない奴らでも？　人を殺してるような一族だぞ？　眷属が立ち上がって、井伊家を滅ぼすとかしないの？」

『ご主人たまは過激派ですぅ』

子狸はぶるぶると震え、戦争反対のプラカードを掲げる。悪人は滅びたほうがいい気がするのだが、子狸は違うと言う。

『そもそも眷属とは人々を救う使命を背負っているのでありますぅ。神様や仏様の手助けをして人を助けることが悦《よろこ》びなのでありますぅ。神様、仏様は人間が大好きなので、助けてあげたい気持ちであふれているのでありますよぉ。おいらたちが討魔師と仕事をするのは、人々を助けるよう神様仏様に言われたからでありますぅ』

きらきらとした光を散らして子狸が教えてくれる。子狸の言っている神様とは、柳森《やなぎもり》神社の神様のことだろう。日本にはたくさんの神社や寺があって、八百万《やおよろず》の神々が存在する。

「え、でもお前時々危険な発言するよな……？」

子狸の発言には時に過激なものもある。慶次のそんな疑問に、子狸はこほんと咳払いした。

『……と、今までの発言は表向きのものですぅ。正直に申しますと、眷属もいろいろでありますぅ。ちなみにおいらはこの小さい姿だとついつい未熟な心が顔を出しまする。あとおいらたち眷属は、所属している神様への無礼は絶対に許しませんのであしからず。おいらたちにとって神様はいわば崇高なる推しのようなもの。推しに無礼な態度を取る奴らは抹殺しますぅ』

子狸が目をすがめてぐひひと物騒な笑みを漏らした。絶対に神様に無礼な態度を取らないようにしようと慶次は心に誓った。

「推しか……。あっ、だからお前、オタク系の奴らの気持ちがよく分かるんだ？」

神様を推しと言われ、慶次はつい笑って言った。

『そうですね。推しアイドルが生きてるだけでファンサと言っていた女の子たちの気持ちがよく分かるですぅ。おいらにとって神様は存在するだけでファンサ。ひたすら尊いのですぅ』

子狸がどこから取り出したのかペンライトを振り回す。

『でもだからといって邪悪な井伊家を滅ぼしには行きませんよぉ。おいらたちは勝手な行動は禁じられているでありますから。神様の命令もなしに、そんな真似しませんね』

いつもの可愛らしい顔に戻った子狸に安堵して、慶次は電気を消して目を閉じた。悪は滅ぼしたほうがいいと思うのは間違っているのだろうか……？　慶次はそんな埒もないことを思いながら明日に備えた。

■5　拉致ってヒロインモード

翌日、二台の車に乗って、東京へ向かった。メンバーは慶次と有生、耀司と律子、中川と健の両親、それに柚《ゆず》もどこからか話を聞きつけて参加すると言ってきた。耀司の車には柚と健の両親が乗り、有生の車には慶次と律子、中川が乗った。最初有生が運転するはずだったが、出かける段階でまた眠気マックスモードになり、仕方なく中川と律子が交代で運転することになった。慶次も替わると言ったのだが、慶次の運転を見て、律子と中川が「見てるだけで怖い」とハンドルを奪われてしまった。

「有生さんはこの状態だと平和でいいですね」

高速を飛ばしながら、中川は後部席にいる有生をちらりと見て言った。有生は慶次にもたれかかって熟睡している。

「そうだね、でなきゃ中川君は有生と同じ車で半日も一緒とか耐えられないでしょ？」

助手席の律子が笑って言う。有生の負のオーラは一般人には長時間一緒にいられないほどのものらしい。

平日だったのもあって、道はそれほど混んでおらず、高知から十時間弱で東京についた。朝に出発したが、ついた頃にはもう夕刻だ。眠くて話が通じない有生に、赤坂《あかさか》のマンションに皆を泊めていいか聞き、「うあー」という了承を得ると、八人と言う大所帯で一泊した。部屋は広いので問題ないが、八人分の布団はない。そう思っていたが、すでに律子がレンタル布団を手配していて、届いていた。ここには緋袴姿の狐がいるので、食事も風呂も準備ができている。健の両親は緋袴姿の狐に仰天《ぎょうてん》していたが、弐式家の一族だけあってすぐに馴染《なじ》んでいた。

「あー狐が眠いと、静かでいいなぁ。そのまま永遠の眠りについてくれたらいいのに」

柚はずっと眠り込んでいる有生を揶揄《やゆ》する。確かにもし有生がいつも通りだったら、こんな大勢をマンションに泊めることはしなかったと思う。有生は他人が家に入るのを嫌うから、せいぜい耀司と律子くらいしか泊めなかっただろう。騙し討ちのようで申し訳なかったが、高知から東京へ来るのは金がかかる。交通費と宿泊費が浮くのは、皆助かるのだ。

「明日のことだけど、絶対に慶次君一人では連れていかれないようにするから」

耀司は使い物にならない有生を気にして、慶次を気遣う。

「あ、はい。俺も気をつけます。有生が眠気モードから覚めるといいんですけど」

この調子では駄目かもしれないと慶次は半ば諦めていた。危険な場所に行くなら有生の力はあてにしたいところだが……。

「いや、有生は来ないほうがいい。明日は穏便に健君を連れ戻すことだけを考えよう」

耀司の意見は違うようで、むしろ有生はいないほうがいいと言う。そう言われると自分は有生を頼りすぎているかもしれないという気になった。有生がいなくとも、耀司と律子がいればどうにかなるだろう。

その日は明日に備えて、早めに就寝した。

翌日は午前十時頃に赤坂のマンションを出て、代々木公園へ向かった。一応出かける前に有生を揺すってみたのだが、「あー」「うー」という意味不明の寝言しか返ってこなかったので、緋袴姿の狐に出かけると告げておいた。

原宿《はらじゅく》駅で降りて、七人で代々木公園に足を踏み入れた。大きな公園で、野外ステージではライブをやっていたり、ワゴンカーが来て飲食の販売をしていたりと活気があった。ドッグランもあって、犬連れの人も多い。指定されたのは代々木公園内にある噴水池の傍のベンチだ。全員で一緒にいると、向こうが接触してこない可能性があったので、慶次は伯父夫婦と三人でベンチで待つことにした。耀司と律子と柚と中川は少し離れたところから見守っている。

「何だか、誘拐犯を待つ感じだなぁ」

慶次は元気のない様子でベンチに座る伯父夫婦に言った。

「慶次君。健のためにすまない」

伯父は改めて頭を下げる。

「気にしないで下さい。俺も健のことは心配だから」

健は一人息子なので、伯父夫婦の心労は計り知れない。伯父は討魔師になれなかったが、律子の活躍を楽しみにしているという話を聞いた。

「健は討魔師になれなくて、腐っていたから……。あの時もっと親身に励ますべきだった。そのうち現実を見てくれるだろうと」

伯父は健が新興宗教にはまった原因を探している。過去を悔やんでばかりではよくないと慶次は伯父を慰めた。

「慶次君はいい子ね。健も慶次君みたいだったらよかったのに……」

ため息をこぼして伯母が呟く。

「こら、お前がそういうことを言うから」

伯父が苛立ったように遮った。伯母がこう言うのは初めてではないのだろう。慶次と比べられて、健はいい気がしないはずだ。

「健は……」

伯母に一言言おうとした矢先、慶次たちに近づく男性がいた。白い詰襟のシャツと白いズボンという上下セットの服を着た二人組だ。歳の頃は一人は二十代、一人は四十代くらいだった。

「山科慶次さんですか?」

若いほうが慶次に声をかける。

「え、はい……」

慶次はじっと男を見返した。

「健君が待っていますので、施設へ案内します」

若いほうの男がにこやかに言う。健本人がここへ来ることを期待していたが、代わりの者が来た。おそらく『まほろばの光』の信者だろう。

「健の両親も一緒に行きますけど、いいですよね？」

慶次が二人をじっくり眺めて言うと、若い男が中年男性に意見を伺う。

「いいだろう、一般人のようだし……」

中年男性は伯父夫婦を観察し、頷いた。どうやら中年男性のほうは、討魔師かどうかを見分ける力があるようだ。慶次は納得して、白い上下服を着た二人の後をついていった。

慶次は歩きながらさりげなくスマホを操作した。あらかじめ耀司とこうなった場合のプランを決めていた。プランBでというメッセージを耀司に送り、茂みの陰にいた耀司が「ＯＫ」とハンドサインをするのを横目で確認する。『まほろばの光』が誰でも歓迎する教団なら穏便に話し合いで解決しようと思っていたが、彼らの態度を見ているとそれは無理だろうと悟った。プランBは慶次たちと一緒に耀司や律子、柚と中川も踏み込み、眷属の力を使って健の居所を突き止め奪い返すというものだ。プランBの場合、踏み込んで三時間過ぎても施設から出られなかった場合、巫女様が東京にいる知り合いの刑事を向かわせてくれることになっている。

（あ、そうだ。一応有生にも連絡入れておくか）

隠れてスマホを操作し、有生に『教団に行く』とメッセージを打ち込む。これだけでは心配するので、耀司たちも一緒のこと、最悪の場合は警察が踏み込むことになっていることを追加で送った。

「あの、健はどうなっているのですか？」

伯父夫婦は車の中で話し合っていた通り、やたらと教団の男たちに話しかけ、慶次から気を逸らしてくれている。しつこい質問に二人の男は鬱陶《うっとう》しそうな態度だ。西門から代々木公園を出て、坂の多い住宅街へ進むと、古めかしい瓦屋根の立派な建物が見えた。

「つきました、ここです」

『まほろばの光』は一見寺のように見える。教団のシンボルでもある光をデザイン化したマークが屋根の真ん中についていた。四脚門《よつあしもん》があり、土塀は長く続いている。教団の男二人が、インターホンに向かって開けるよう命じた。重々しい観音扉が開き、白い詰襟上下服を着た男性が「お待ちしておりました」と慶次たちを迎える。

扉が開いた時点で、慶次は「あ、靴ひもが」とわざとらしい声で言って屈み込んだ。扉を開けていた男は早くしろと言わんばかりに苛立った様子を見せた。その時だ。さりげなく尾行してきていた耀司たちが、一斉に押しかけ、強引に中へ入っていった。

「な、何だ、お前たち！」

いきなり現れた四人に、男たちは戸惑って押し返そうとする。慶次は皆の後に続いて伯父夫婦と共に施設内へ進んだ。教団への出入口は一つしかなく、土塀を越えて侵入すると防犯システムが作動して事件になる可能性がある。慶次が入口から招かれる必要があった。正々堂々と正面入口から入り、そのついでに耀司や律子たちも踏み入ろうという作戦だ。中川は刑法にもくわしいので、こちらが犯罪を犯さないラインをきちんと考えてくれた。

「お前ら、勝手に入るな！　不法侵入罪だぞ！」

どんどん内部へ入っていく耀司たちに教団の男たちが焦って叫ぶ。

「あらー私たち慶次の連れですんでー」

律子はふくよかな身体で教団の男たちを押していく。ふと見ると、耀司や柚、律子の眷属がすーっと現れ、それぞれ散っていった。特に耀司の狼は咆哮《ほうこう》を上げて施設内へ駆けていく。健がどこにいるか捜しに行ったのだろう。

『慶次殿。油断されませぬよう』

子狸はいつの間にか大狸に戻っていて、大きな身体でしっかりと慶次の前に立つ。

「健はどこにいるんですか？　早く会わせて下さい！」

健の両親が信者たちに詰め寄る。信者たちは予定外の客を追い返そうとしたが、七人で強引にどかどか踏み入るとそれを阻止できずにいた。門の先にはやはりお寺のような造りの施設があるが、階段の先は自動ドアになっていた。慶次たちが邪魔する信者を押しのけて自動ドアを潜《くぐ》ると、広いエントランスがあり、左にエレベーター、右に階段、正面に大きな扉がある。館内図を見ると、一階は大きな部屋と小部屋がいくつかあり、二階には長い廊下と修練室というものがある。

「慶次君。絶対に離れないで下さいね。後から有生さんに文句を言われるのは困ります」

中川は眼鏡を光らせて、ぴったりと慶次に張りつく。慶次も皆から離れないようにしようと身構えた。信者たちは部外者が入ってきたので、ばたばたしている。

「健は見つからないが、トップの男は見つけたよ。こっちだ」

律子の眷属がいち早くこの教団のトップを見つけたらしく、階段を上がっていく。健を見つけられない場合、教団トップの男を捕まえて健の場所へ案内させることになっている。その場合、眷属による力も駆使《くし》するしかない。

慶次たちは律子に倣《なら》って階段を上がっていった。二階に上がると、同じ白い詰襟服の信者たちが五、六人出てきて、目を吊り上げて迫ってきた。

「あなた方、何という無礼な！　無関係の者は出ていきなさい！」

集団で迫ってきたが、ほとんどが中年女性だったので慶次たちには脅威ではなかった。いつの間にか中川はスマホで動画を撮っていて、何かあった時の証拠にしようとしている。

「我々は山科健君を迎えに来ただけです。そこをどいて下さい」

耀司が一番前に出て、礼儀正しく告げる。すると信者の後ろのほうにいたおばさんが、「わざと突き飛ばされたようにして、暴力行為と誹《そし》りましょう」とこそこそ話している。慶次が卑怯だと言いかける前に、耀司は右手を上げて軽く合図した。とたんに、目の前にいた中年女性たちが、何もしてないのに次々と廊下に転がった。

「きゃああ！　何？　何？」

「いったぁいい」

中年女性たちは皆、驚いて転がっている。彼女らには見えなかっただろうが、慶次には狼がすごい勢いで中年女性たちの膝裏を突き飛ばしたのが見えた。

「わざと転んだのが、ばっちり撮れていますす」

中川も悦《えつ》に入《い》ったように画面を見ている。わざとではないのだが、中川には眷属は視えないらしい。

「早く行きましょう、耀司様。こんなクソばばぁどもに関わっている暇はありません」

柚は耀司のボディガードみたいに、転がっている中年女性の間に割り込んで言う。慶次たちは素早く中年女性たちの脇を通り、奥へと向かった。部屋がいくつも並んでいて、廊下も碁盤の目のように造られている。高知に造られたあの忌《い》まわしい建物のように臭かったらどうしようと心配だったが、今のところ特に感じない。

「やれやれ、困りましたねぇ」

奥から現れたのは、いかにも上層部の者らしい紫の袈裟《けさ》を着た坊主頭の中年男性だった。その横には、慶次たちをここへ案内した男がついている。

「申し訳ありません、勝手に押し入られて……」

男たちは腰を低くして謝っている。

「こんなに大勢で押しかけてきて、迷惑なのが分からないようですな。健君は今修行中の身なのですよ？　あなた方のような穢れにあたったら、また一からやり直しになってしまうというのに」

袈裟姿の男が嘆かわしげに吐き出す。慶次は目の前にいる男が井伊家の一員かと思い身構えたが、昨日見た資料の中にはこの顔はなかった。袈裟姿の男は、おそらく教祖と呼ばれる教団トップだ。

「健と会わせて下さい！　健を連れて帰ります！」

伯父が怒りも露《あらわ》に、教祖に食って掛かる。

「そんなに会いたいなら、会わせましょう。こちらへどうぞ」

教祖はにこやかな笑顔で、奥へ向かっていく。その姿に不気味なものを感じたが、慶次たちはぞろぞろとついていくしかなかった。その間に耀司や柚、律子の眷属は建物内を探っているようだ。

「健は無事なんですよね!?」

伯母は教祖にヒステリックに問いかけている。

「あなた方は監禁して洗脳することで信者を増やしている犯罪集団だ！」

伯父もここぞとばかりに教祖を責め立てる。前回健と会わせてもらえなかったことを根に持っている。それらに教祖は一言も答えず、黙って階段を下りていく。

「地下にいるのか？」

教祖が一階よりさらに下へ続く階段を下りていくと、耀司が足を止めて目を細めた。館内図には地下の案内はなかった。

「健君は修行中と申しましたでしょう。地下には修行部屋があるのですよ」

貼りつけたような笑顔で教祖が述べ、耀司が鼻と口を覆った。

「下から異臭がする」

階段の途中で耀司は嫌そうに顔を顰めた。続けて律子と柚も顔を顰めた。慶次にも高知の建物で嗅いだ異臭が感じられた。どうやらここでは地下で人が死ぬようなことが行われている。

「私たちには分かりませんが」

中川と伯父夫婦には異臭が分からないらしく、先へ進もうとする教祖についていこうとする。

「眷属が嫌がっているよ。地下はヤバいね」

律子が困ったように耀司に囁いている。隣を見ると、大狸の顔もくしゃっとなっていて、臭いのを我慢しているようだ。

「まずいな、全力を発揮できるか……」

耀司たちが怯んだのを悟ったのか、教祖がニヤリとして振り返る。

「どうなされましたかな？　健君に会いたいのでは？」

教祖に挑発され、柚が不穏な気配を漂わせて拳を固める。耀司がそれを手で制し、「暴力は最終手段で」と柚に耳打ちする。眷属が使えないとしてもとりあえず男が五人いるので、簡単にはやられないだろう。慶次もいざとなったら敵を投げ飛ばすつもりで、油断なく階段を下りていった。

——その時だ。

一階のほうから耳をつんざくような悲鳴が漣《さざなみ》のように流れてきた。びくっとして慶次は身を固くした。まさか信者たちが何か画策しているのかと、慶次は後ろを振り返る。

「きゃあああ！　誰か、誰かぁ！」

「た、助けて……っ!!」

「この世の終わりよ！　ああ、教祖様、お助け下さい！」

悲鳴は玄関のほうからどんどんこちらへ近づいてくる。最初は教団の罠を疑ったが、それにしては切羽詰まっていて、ただ事とは思えない。しかも地下へ行こうとしていた教祖が、血相を変えて慶次たちの横を通り抜け、駆け上がっていく。

「一体、何!?」

律子も険しい表情で、声を尖らせる。

どうやら不測の事態が起きたらしいというのは慶次たちにも分かったので、中川や伯父夫婦は地下へ向かい、耀司や律子、柚と慶次は一階へ戻った。ひょっとして井伊家の誰かがやってきたのだろうか？　信者の悲鳴はただ事ではない。

「何事ですか！　あなたたち！」

教祖の怒鳴り声が響く。慶次たちも急いで駆けつけた。

するとそこには、地獄絵図が広がっていた。教団の大きな広間にいた大勢の信者たちが畳の上に転がって、悲鳴を上げているのだ。手を伸ばし、助けを求めるような者も多く、駆け寄った教祖に助け起こされても、前後不覚になってまともな返答をしない。痙攣している者や、泡を噴き出す者もいる。まるで毒でもまかれたようだ。

「これは……」

慶次は呆然《ぼうぜん》として倒れている人たちを見つめた。

「お、お前たち、何が……っ!?　まさか、お前らの仕業か!?」

教祖が耀司たちを振り返り、大声で叫んで睨みつけてくる。そう言われても、こちらは何のことか分からず呆然とするばかりだ。いや、一人だけ理解していた人がいた。耀司だけが青ざめて「まずい」と呟いている。

「今のあいつは連れてこないつもりだったのに」

耀司が恐ろしげに言った時だ。入口のほうからふらふらした足取りで入ってくる長身の男がいた。乱れた髪に白い顔で、何かブツブツ言いながら広間に入ってくる。信者たちの悲鳴の中、男の呻くような声が耳に届いた。

「あー、うぜぇ……うぜぇ、うぜぇ、頭がクソ痛ぇ……」

頭をガンガン殴りながら入ってきたのは、あろうことか有生だった。パジャマ代わりに着せたスウェット姿のままで、おどろおどろしい気配を漂わせて入ってくる。慶次は察した。

(こ、この倒れている信者たち……、まさか)

慶次が顔を引き攣らせて有生を見ると、「貴様か!」と駆け寄ろうとした教祖が突然その場に引っくり返った。

「うぐぐ……っ、何故お前が生きている……っ、お前は死んだはずじゃ」

教祖は倒れた状態で自分で自分の首を絞めつけ、意味不明の言葉を発し、パニックになったように騒ぎ始めた。何が起きたのか分からなくて慶次は困惑した。有生は倒れた教祖を踏みつけ、「うぜぇ、うぜぇ、皆死ね」と呪詛めいた言葉を呟き、髪をがしがしと掻き乱す。

「あー……っ、頭割れる……っ、うぜぇ……っ!!」

有生は痛みを振り払おうとしてか、怒声を上げた。鬼気迫るその姿は、地獄からの使者のようだった。しかも転がっている信者を次々と踏みつけている。

「まずい、慶次君。有生がおかしくなってる! 君しか救えないから行ってくれ!」

耀司はこめかみの辺りを手で押さえ、何かをこらえるようにして叫ぶ。何が何やら分からないが、この倒れている人たちは全部有生の被害者だと気づき、慶次は有生に駆け寄ろうとした。

ふっと、目の前が白くなった。

先ほどまであれほど騒がしかった場所にいたはずなのに、何故か真っ白い雪の中にいた。あれ、俺どうしてこんなところに？　と困惑していると、すっと影が差し、何か得体の知れない不気味な気配が近づいてきた。

　黒い人影だった。それはゆらゆらと風に揺れて、慶次を見下ろしている。赤く光る目を持っていて、じっと慶次を見つめている。黒い人影の手が動き、その右手に刀があるのが分かった。剣先は滑らかな動きでさくっと慶次の心臓を貫く。

「う、う、わ、あ……ッ」

　胸を刺されたショックと困惑で慶次は頭が真っ白になった。黒い人影は実体がなく、薄っぺらい紙のようだった。まるで影絵のように、そいつは慶次の心臓から剣を抜き取り、またさくっと剣先を心臓に突き入れる。痺れるような痛みを感じ、慶次はわめき声を上げた。

『慶次殿！』

　ふいに耳元で大きな声がして、慶次は我に返った。視線の先には倒れた信者と悶え苦しむ教祖、そして慶次を抱きしめる大狸がいる。

『しっかりなされて下さい、有生様の精神攻撃を受けておりましたぞ』

　大狸に浄化され、慶次はあれが現実ではないとやっと自覚した。だが、とても幻術とは思えないほど痛みも感覚もあった。何よりも恐怖が。有生の精神攻撃についてはこれまでも聞いていたが、こんなに恐ろしいものを他の人は受けていたのか。

「慶次、有生を！」

律子も精神攻撃を受けているのか、苦悶の表情を浮かべている。今の状態の有生が敵味方構わず攻撃をしているのを知り、慶次は急いで駆け出した。

「有生！　俺はここだ！」

マンションに置いてきたはずの有生がここにいるということは、慶次を心配してやってきたに違いない。慶次は有生を抱きしめて大声で怒鳴った。

「……」

有生は病人のようなぼうっとした表情で慶次を見つめた。焦点の合わなかった目が、やっと慶次を確認する。

「慶ちゃん、何でこんなとこに……っ！」

慶次に気づいた有生が、顔を顰めて文句を言おうとする。それを制するように慶次は「メッセージをよく見ろ！」と怒鳴り返した。

「皆で行くって書いてあるだろ！」

慶次が声を張り上げると、有生がしばらく固まった。おもむろにスマホを取り出し、メッセージを読み返す。

『有生殿は慶次殿が単身敵地に乗り込んだと誤解して、助けに来たようですな』

大狸が慶次の横でこっそり告げてくる。慶次は呆れてあんぐりと口を開けた。助けに来てくれたのは嬉しいが、有生のしたことといえば、信者全員と慶次たちを恐怖の淵《ふち》に突き落としただけだ。いわば無差別攻撃。今さらながらゾッとして、慶次は震えた。ここに倒れている人たちは皆、慶次のように精神攻撃を受けたのか。

メッセージを読み終えた有生は、ふーっと息を吐き出し、スマホをポケットにしまった。

「……慶ちゃーん、頭、いたーい」

有生はころりと可愛らしい顔つきになって慶次を抱きしめる。

「今さらかわい子ぶっても遅い！」

慶次は安堵と怒りで声を荒らげた。大勢の信者と教祖が倒れている中で、寒々しい空気が流れた。

「有生、あんたって子は！　何であたしらにまで攻撃をするんだい！」

正気に戻った有生に、律子はお冠《かんむり》だ。柚も凶悪な顔つきで「クソ狐が！　お前が死ね！」と唾を飛ばしている。

「十歳の時もこんな状態になったんだ。頭が痛くて、周囲の人間すべてに八つ当たりしていた。大人になって少しは改善されたかと思っていたが……、昔よりひどくなっている」

耀司は悔恨《かいこん》も込めたようにそう言うとため息をこぼす。

「頭痛くて、まともな思考できなかった。慶ちゃんを助けに行かなきゃと思って」

有生は痛む頭をガンガン叩きながら、慶次から離れる。

「おい、お前」

有生は泡を噴き出している教祖の前にしゃがみ込む。有生は教祖の胸倉を摑み、すがめた目で見下ろした。

「慶ちゃんをどうするつもりだった？　井伊家に頼まれてたのか？」

物騒な雰囲気を醸し出して、有生が教祖を問い詰める。教祖は焦点の合わない目で、口から泡を噴き出し続けていた。質問に答えられる状態ではないと思ったが、うつろな表情でしゃべり始めた。

「龍樹様に……取り込めと言われて……。洗脳しろって……」

教祖の口から出てきた言葉に、慶次は拳を握った。井伊家の次男が自分を従わせようとしている。目的は有生だろう。

「はぁ、お前はいっぺん死んでこい」

有生は教祖と目を合わせて吐き捨てるような声で言った。そのまま放り投げるようにすると、教祖はぐったりと横たわり動かなくなった。まさか本当に死んだのではないだろうなと慶次が焦って頸動脈に触れると、一応生きていたので放置することにした。

「こうなった以上、仕方ない。彼らが倒れているうちに、健を連れ出そう」

耀司はさすがに切り替えが早く、急ぎ足で地下へ向かっている。慶次たちも階段へ向かったが、そこには伯父夫婦に助けられた健の姿があった。

「健君が監禁されている様子は動画に収めました。早く出ましょう」

中川は抜け目なくそう言ってスマホをしまい、慶次たちを急き立てる。その中川も、一階で倒れている人たちを見つけ「な、何事ですか⁉」と動揺していた。

無事だった信者たちが集まってくる中、慶次たちは健を抱えて教団施設を出た。

■6　悪縁を断ち切る

　健は衰弱していたものの、命に別状はなかった。病院へ連れていき、診察を受け、伯父夫婦がついていることになった。教祖に俗世を断つための修行をしろと命じられ、地下室へ閉じ込められたようだ。鍵は中川が壊した。地下には同じように監禁されていた信者がいたらしく、中川はできる限り鍵を壊して出てきたそうだ。

　ともかく健を取り戻したことで一件落着といきたいところだが、教団自体はまだ存在している。教団が残る以上、洗脳されたままの信者もいる。彼らはいいことをしていると思って、新たな犠牲者を生み出すのだ。一刻も早くこのカルト教団が潰れるよう、中川が警察に録画した動画を提供し、実態解明への手助けをすることにした。

　その日、伯父夫婦は病院近くのビジネスホテルに泊まることになり、耀司と律子と柚と中川は車で本家へ戻った。慶次は頭が痛いと言い続ける有生と赤坂のマンションに戻った。

「有生！　お前、さすがに今日のはやりすぎだろう！」

　慶次は夕食を終えると、改めて有生に反省を促した。以前から何度となく有生の目に余る行為を見てきたが、今日は特別にひどい。教団の大勢の信者や教祖だけでなく、味方であるはずの自分たちにまで精神攻撃を加えてきた。

『有生たま、無双状態でありましたぁ。おいら、大狸の姿でなければちびっていたかもしれませんー』

子狸も思い返してブルブルしている。耀司が言っていたのだが、十歳の時にも似たようなことがあり、その時は討魔師だった縁戚の者が被害に遭ったそうだ。

「頭がガンガンして、思考できなかった。慶ちゃん、ごめん。意識がはっきりしてたら、慶ちゃんは除外したんだけど」

有生は口では謝っているものの、反省はまったくしていない。

「っつうか、俺が勘違いするのも仕方なくね？　いつも慶ちゃんが危険な場へ無謀にも飛び込むからでしょ？　絶対またやったと思うじゃん？」

ベッドに寝転がりながら、有生は平然と述べる。やはり反省する気はゼロだ。

「俺だって日々進化してるんだよ！　お前の精神攻撃初めて受けたけど、マジで怖かったぞ！　あんなこと他人にしちゃ駄目だろ！　教祖はともかく、信者は一般人だぞ！」

寝ている有生に慶次が説教すると、うるさそうに寝返りを打つ。

「頭痛いんだからギャンギャンうるさくしないで。あのホスト崩れ助けられたんだからいーじゃん。一般人って言っても、どうせろくでもない宗教やってる人たちなんだし」

有生はまだ頭痛が治まらないらしく、布団を被《かぶ》って説教を拒否する。有生の言うように、確かに健は救い出せたし、被害に遭ったのはカルト教にのめり込んでいる人たちだ。とはいえ、あんな恐ろしい攻撃を他人に加えていいのだろうかと慶次は悩んだ。有生が井伊家の人間に精神攻撃を与えているのを見てきたが、実際自分が受けてみて、どれほど恐ろしいのかよく分かった。有生を畏れたり嫌ったりする討魔師たちの気持ちが理解できる。有生は規格外で、常識が通じない。

「はぁ……」

慶次は疲れを感じて、ベッドの有生の隣にもぞもぞと潜り込んだ。いろいろあって疲れた。精神的疲労で、思考が定まらない。

「慶ちゃん、頭痛いから撫でて」

有生が暑いのにくっついてきて、可愛い声を出す。慶次は黙って有生の髪を撫でて、ぎゅーっと抱きしめた。

暑い夜だったのでエアコンをつけっぱなしにして眠りについた。身体よりも心が疲れていて、慶次は有生を抱き枕にして眠り込んだ。夢の中でまた黒い影に追われ、夜中に何度か目が覚めた。

翌日、午前十時に慶次のスマホが鳴った。

『慶次、助けてくれよぉ』

珍しく寝坊していた慶次は、スマホから流れてきた健の声に既視感を抱いた。実はまだ健を助けに行ってなかったのだろうかと勘違いしそうになった時、電話の後ろで伯父の声がした。眠い目を擦って起き上がり、慶次はあくびをした。有生は眉根を寄せてまだ寝ている。

「どうしたんだ、健。もう大丈夫なのか？」

頭が覚醒すると、慶次は心配になって聞いた。昨日の健はろくにしゃべることもできず、そのまま病院へ運ばれていったのだ。

『明日の朝には退院できる……。俺を助けるために、ごめん。それより慶次、あの教団の奴らがまた来るんじゃないかと思って怖いんだよ。俺、どうすればいい？　しばらく身を隠しておいたほうがいいか？』

健は教団から助け出されたものの、追手が来るのではないかと怯えている。よほど恐ろしい体験をしたのだろう。病院も安心できないと言っている。

「子狸。健が怖がってるんだけど、何かいい手はないかな？　またあいつら来ると思う？」

慶次はスマホを離し、子狸に問いかけた。通話内容を聞いていた子狸は、小首をかしげる。

『それでしたらぁ、縁切りをおススメしますですぅ。神社かお寺に行って、悪縁を断ち切ってもらうようお願いして下さいぃ』

「いわゆる縁切寺ってやつだな？」

子狸の提案に慶次も目を輝かせ、そのまま健に告げた。

『慶次も一緒に行ってくれよぉ』

すっかり弱気になった健は、情けない声で頼んでくる。どこへ行こうかと慶次は子狸と相談した。赤坂のマンションから近い豊川稲荷東京別院《とよかわいなりとうきょうべついん》もその手の問題に強そうだが、子狸は違う場所を勧める。

『健たんの状況を見るに、こちらの縁切り榎《えのき》がおススメですぅ』

慶次がノートパソコンで検索した中から、子狸は板橋区《いたばし》にある榎大六天神《えのきだいろくてんじん》という場所を指さす。何やらすごい力がありそうだ。さっそく健にそこへ行こうと言った。伯父夫婦も一緒に行くというので、明日、健が退院した後、途中で待ち合わせて向かうことにした。

「俺も行くぅ……」

寝ながら話を聞いていた有生が、寝言のように呟く。

「有生が一緒に行くって言ってるけど」

こういう場合絶対についてくるのが有生だ。明日びっくりしないように慶次が言うと、健はうーあーうーあーと変な声で応答した。

『嫌……だけど、有生さんのおかげで助かったらしいってのは聞いてるから……。分かったよ、俺のせいで迷惑かけちゃったし……何で俺、あんな怖いとこに居たんだろう。地下室に監禁されて、やっと目が覚めた』

健はすっかり洗脳が解けたようで、重苦しい声で言う。きっと両親にたくさん責められ、心配され、目が覚めたのだろう。

『俺も……討魔師みたいに特殊な力を使ってみたかったんだよな……。律子伯母さんに、下級霊や妖魔に操られてただけだってはっきり言われた。馬鹿だよな。霊能力を手に入れたみたいに浮かれちゃってさ……。考えてみたら何か変な香とか焚《た》いてたし、俺が助けたつもりの人って、変に芝居がかってたかも……』

健は落ち込んだ様子で語っている。健は討魔師になれなかった自分かもしれないと慶次は思った。自分だって同じ罠にはまる可能性はあった。運がよかっただけだ。

「元気出せよ。また、元気になったらキャッチボールしようぜ」

幼い頃に健とキャッチボールをした記憶が蘇《よみがえ》り、慶次は明るく言った。兄の信長《のぶなが》はスポーツ関係がすべて苦手だったので、幼い頃は慶次の遊び相手は健だった。健は野球のクラブチームに入っていたこともあって、野球に関しては教わることばかりだった。

『慶次、ありがとう』

ほんの少し健の声も明るくなった。明日の待ち合わせ場所や時刻を決め、慶次は通話を切った。

今回、井伊家が深く関わっている組織ではなかったので、事なきを得たが、もしこれが井伊家が運営している組織だったら、もっと複雑なことになっていたかもしれない。自分と仲が良いというだけで井伊家が健に目をつけたなら、この先自分はどう過ごせばいいのだろう。

「子狸、俺の家族は大丈夫だろうか？」

慶次はベッドに横になって、胸の辺りで手を組んで聞いた。

『うーん、ご主人たまの家族にまで手を出す段階ではない模様。井伊家としては有生たまに気持ちょく自分たちのほうに来てほしいだけでありますぅ。決して有生たまがブチ切れる展開にはならないように徹底しているようでありますよぉ。ブチ切れていいなら、とっくに非道な手段に出ているでありましょう。井伊家は有生たまの才能を買っているですから。正直申しまして討魔師の間で嫌われている有生たまですので、ご主人たまがいなかったら何かの拍子に向こう側へ行ってしまった可能性もなきにしもあらず』

「怖いこと言うなよ！」

子狸の言葉にゾッとして慶次は自分を抱きしめた。

「有生は眷属が好きなんだから、絶対あっちへ行かないって。な、有生。俺と一緒にずっと討魔師をやるよな？」

慶次は寝こけている有生を抱きしめて、確かめるように揺さぶった。

「うー……慶ちゃんといるぅ……」

相変わらず寝言めいた呟きだが、言質《げんち》は取った。それでも前途多難に思えて、慶次はしばらく有生の頭を撫でていた。

翌日、待ち合わせ場所には健と伯父夫婦が待っていた。有生も来ると言っていたのだが、頭痛期間が終わり、発熱期間になっていたのでマンションに置いてきた。子狸も有生がいなくても問題ないと言う。伯父夫婦は慶次と会うなり、「昨日は大変お世話になって」と頭を下げてきた。健はまだげっそりした頬をしているが、家に戻ってふつうの生活を営めば元に戻るだろう。

榎大六天神には都営地下鉄三田線の板橋本町《いたばしほんちょう》駅から徒歩で向かった。社務所《しゃむしょ》もない小さいところだが、幟《のぼり》が立っているし、ひっきりなしに参拝客が来るのですぐ分かる。江戸時代から板橋宿の名所として知られていたらしい。狭い境内《けいだい》に絵馬を売る自販機があり、書き込むための台が置かれていた。地元の人なのか、よくしゃべる老人が榎大六天神の案内をしている。

『ふぉお、おいらの身長が五センチ伸びたくらいすごいパワーですぅ。ここなら切れぬ縁はないかもしれませんー』

子狸は神気を浴びて、成長している。

『絵馬には具体的に断ちたい縁について書くとよいですよぉ。名前と住所も書くとよいのです。何とここの絵馬は閲覧されないよう保護シールがついているという優れもの。見られたくない場合は手を合わせる時に心の中で告げるといいですぅ。神社やお寺に行ったら名前と住所を言うのは必須なのですぅ。丁寧な人は生年月日も教えてくれますぅ。たまに神様なら分かるだろっというあつかましい参拝客がいるのですが、こちとらそれほど暇じゃないのですぅ！　住所調べるのにも時間がかかるのですから、願い事するならその辺はきちんと申告してもらわないとぉ。正直そういうのは後回し、もしくは聞かなかったことにするので願いが叶うはずは、ありませぇーん』

参拝の仕方について言われ、慶次は今まで自分が住所を言っていたかどうか心配になった。子狸は神社にいた頃に起きた出来事を思い返したらしく憤慨《ふんがい》している。

『あとギャンブルに勝ちたいだのロト当たりたいだの、宝くじ一等当選とか、神様は賭け事は好きじゃないのでそんな願い叶えたくないのですぅ。貧しくて困っていてお金が必要なら、その願いを叶えるのにやぶさかではありませんが……。そもそも神社に来る願い事が金、金、色事ばっかりでうんざりですぅ。あとおいらの実家の神社には推しライブに当たりますようにとか一番くじで欲しいのが当たりますようにとか、推し関係が多すぎて困りますぅ。具体的にどんな推しか何日のライブかどこで一番くじを引くか言ってもらわないとぉ。あと神様はその人の先の先まで見越しているので、その人にとってよくない願いは叶えませんのであしからず』

「具体的に書くといいらしいぞ」

子狸の長すぎるアドバイスを割愛して健に教えると、真剣な表情で『まほろばの光』と縁を切りたいと書き込んでいる。絵馬を奉納し、慶次たちは手を合わせた。

榎大六天神——通称『縁切り榎』を出た後は、健はすっきりした顔になっていた。

「迷惑かけてごめんな」

健は改めて慶次に謝り、伯父夫婦にも礼を言われた。このまま和歌山へ戻るというので、駅で別れた。慶次はせっかくここまで来たので、そのまま徒歩で近藤勇《こんどういさみ》の墓に行った。新選組は慶次の好きな歴史上の人物が多くいる。

赤坂のマンションに戻る途中、慶次はまだ日が高いので豊川稲荷東京別院に寄ろうとした。有生が早く元気になるように、お願いしようと思ったのだ。今日は一粒万倍日《いちりゅうまんばいび》だったので、豊川稲荷には参拝客がたくさん来ている。お参りしてお守りを買って、慶次はマンションへ向かった。

マンションの敷地前に、人待ち顔で立っている青年がいる。慶次は青年の顔を見てどきりとした。細い弓なりの眉に、色白のほっそりした顔つき、無害そうな雰囲気の青年——白いシャツにカーキのズボンを穿《は》いた井伊柊也だったのだ。

「慶次君」

柊也は慶次の顔を見るなり、ホッとしたように近づいてきた。つい身構えてしまったが、着ているものといい、雰囲気は善なる柊也のようだった。

「柊也……」

柊也と会うのは、柊也が無理やり兄に連れていかれたあの日以来だ。電話で慶次に『まほろばの光』について教えてくれたし、今の柊也は悪い人間ではないと思いたい。けれど柊也と勝手に会うと、有生は怒るだろう。

「さっきから狐が出ていけって怒ってる。ごめん、慶次君。少し話をしたくて。俺が豹変《ひょうへん》しないか心配だよね。近くのお寺さんのところでもいいから、話せないかな」

柊也は居づらそうに後ろを振り返り、頭を下げる。子狸に確認すると『大丈夫ですぅ。ドジっ子のほうの柊也たんですからぁ』と教えてくれる。悪なる柊也が善なる柊也の真似をしている可能性もあったが、子狸の目はごまかせないだろう。慶次は柊也と一緒に先ほど寄った豊川稲荷に戻った。

境内の隅っこで、慶次は柊也と目を合わせた。

「柊也……お前、大丈夫なのか？　お前の兄貴にいじめられてない？」

慶次は柊也の身体に傷がないか心配で、声を潜《ひそ》めて聞いた。最後に会った時、柊也の兄の龍樹は慣れたように柊也を殴っていた。日常的にあんなことをされているなら、見過ごせない。

「この前はひどいところを見せたよね……。龍樹兄さんのことは気にしないで。僕ね、慶次君。今病院の精神科に通っているんだ」

お堂のあるほうへ視線を向け、柊也が思いがけないことを切り出す。

「慶次君にもう一人の自分について言われて、これ以上自分をごまかし切れないと思った。井伊家に連れ戻されて、僕はすごく考えたんだ。あの家から逃げたくて、悪事を強《し》いられるのが嫌で……。君と友達になれて嬉しかったのに、その君にまで迷惑をかけた……。多重人格になったのはきっと弱い心のせいだ。医者が言うには人格を一つにするのには長い時間がかかるって。それでも僕は、いつか本当の意味で君と友達になりたいから、前に進むことにした」

静かに語る柊也に、慶次は胸を打たれた。柊也は柊也なりに生きるために必死だった。柊也には悪の一面があるが、それと同時に善の面も持っている。人というのはそういうものではないか。少なくとも柊也は、変わろうとしている。

「それでね、井伊家に逆らう……とはっきり決めたわけではないけど、僕は自分の意志で慶次君に味方したいと思っている。この前の電話も……君に危険が迫っているらしい情報を得たからお節介かと思ったけど、知らせた。僕はもう決めたんだ。悪のほうの僕が勝手な真似をするなら、僕だって勝手に慶次君に味方しようって」

決意したように柊也は胸に手を当てた。凛とした眼差しで、もう決めたようだ。

「僕はこれからも慶次君に井伊家の情報を流すよ。ただ、僕のことは信用しないでほしい。もう一人の僕が僕の振りをして君を騙すかもしれないから」

「柊也……」

慶次は何と言っていいか分からず、じっと柊也を見つめ返した。井伊家の情報を流すなんて真似をしたら、井伊家での立場は悪くなるはずだ。日常的に人を殴るような家庭なのに、本当に大丈夫だろうか？

「これは僕が勝手にすることだから、慶次君は何も言わないでいいよ。それじゃあね、もう行くよ。僕の気持ちを慶次君に知っておいてほしかっただけだから」

柊也はすっきりした面持ちで、そのまま去ろうとする。慶次は慌ててそれを止め、ぎゅっと柊也の手を握った。

「あのさ、前に井伊直純って人を海外に逃がしたんだ」

慶次は柊也の手を握り、低い声で呟いた。柊也の手は真夏なのに冷たくて、実は緊張していたのだということが伝わってきた。

井伊直純とは最初、敵対関係だった。白狐に浄化され、直純は変わったのだ。絶対に分かり合えないと思っていた男だが、子狸曰《いわ》く、悪の心をほんの少しだけ善の心が上回ったという。

「直純さんのことは聞いている。井伊家で問題になってたから。あの人は直系以外じゃ一番力を持ってたから、まさか改心するなんて誰も思わなかったよ」

柊也も聞き及んでいるのか、遠い目をして言う。

「お前もそんなふうに助けられないかな……？」

慶次は一縷《いちる》の望みにかけて、そんな言葉を口走った。有生に聞かれたら、嫌な顔をされるに決まっているが、慶次は言わずにはいられなかった。

「慶次君……」

柊也は目を細め、悲しそうな、それでいてどこか嬉しそうな顔で微笑んだ。柊也は慶次の手に手を重ね、そっと寄り添う。

「僕はもう一人の自分を抱えている。僕が海外に逃げても、あいつはそれを許さないだろう」

柊也の手がさりげなく離れ、蟬のうるさい声がすぐ近くから聞こえてきた。じりじりと焦げるような暑さを頬に感じ、慶次は自分が余計なことを言ったと反省した。

「ごめん。あと一つだけ、知ってたら教えてほしい」

慶次は額の汗を拭い、周囲に人がいないのを確認して口を開いた。

「どうして井伊家はそんなに有生を欲しがるんだ？」

これまでずっと抱えていた疑問——井伊家は執拗に有生を狙っている。今回慶次を搦《から》めとろうとしたのも、有生を自分たちの一族に加えたいと思っているせいだ。確かに有生の能力は高くて、本人の気質もいい人とはほど遠い。けれど、わざわざ敵対する一族から引き抜こうとする理由が他にもあるのではないかと気になった。

「それは——慶次君は知らないの？」

柊也は意外だというように、問いかけてきた。かすかな困惑を感じ、こちらのほうが面食らう。

「弐式家の最初の奥さん、井伊家の女性だったから、だと思う。井伊ほのか……何でも、狐って呼ばれるくらい人間っぽくなかったって」

呪文のように言われた言葉が耳に飛び込んできて、慶次は一瞬頭が真っ白になった。

弐式家の最初の奥さん——つまり、当主の最初の妻、が、井伊家の女性……？

「えっと、要するに……有生は」

慶次は頭に手を当て、混乱して口を開けた。

「有生のお母さんって井伊家の人だったのかよ！」

青天《せいてん》の霹靂《へきれき》——慶次はショックのあまり、呆然としてその場で固まった。

赤坂のマンションに戻っても、慶次は柊也から知らされた事実で頭がいっぱいだった。ありえないと思うと同時に、さもありなんという思いも湧いてくる。

「子狸、知ってたのか⁉　有生のお母さんが井伊家の人だって！　当主って、ロミジュリじゃないかっ！」

慶次は冷蔵庫に入っていたペットボトルの水をがぶ飲みして、叫んだ。当主は今もダンディな雰囲気で若い頃はさぞかしモテただろうと思っていた。それがよりによって、井伊家の女性と結婚していたとは！　よく許されたものだと慶次はおののくばかりだった。

『おいらは眷属なので、人間の血筋とか分かりませぬぅ。それより有生たまの熱を冷ましたほうがよいかと』

子狸は慶次ほど驚いてはおらず、のんきなものだ。慶次は冷やしたタオルを寝室へ運び、熱でうなされている有生の傍に屈み込んだ。氷で冷やしたタオルで汗を拭うと、有生の苦しそうな表情が和らいでいく。

「お前はロミジュリの子だったのか……」

慶次はしげしげと有生の顔を眺め、感心して呟いた。和典が有生の母親を好きじゃないと言っていた理由がやっと分かった。井伊家の女性を妻にしたのなら、それを気に食わないと思う人がいてもおかしくない。討魔師は眷属をその身に宿しているので当主に別れろと迫る真似はしないだろうが……。

「それにしても当主ってすげーな。やっぱ当主になるだけあって、ふつうじゃないかも。有生の父親だしな」

慶次は氷水に浸したタオルを有生の額に載せた。

『当主たまは確かにふつうではないのでありますぅ。度量が海よりも広いので、ご主人たまも見習ってくださぁい』

真面目な顔つきで子狸に諭され、慶次も神妙に頷いた。

井伊家が有生を欲しがる意味はよく分かった。井伊家の女性の子どもで、しかもその女性にそっくりの気質を持つ有生なら、有能な人材に違いないからだ。同じ女性の子どもでも、耀司は当主の血を濃く受け継いでいて、井伊家からすると迎え入れるべき人材ではなかったのだろう。

(有生のお母さん……どーゆー人だったんだ?)

ますます有生の母親への興味が湧いてきた。

狐と一緒に家の掃除やおかゆを作りながら有生の看病を続けた。風呂掃除をしている最中に律子からメッセージが届いて『弟子について考えてくれた?』と催促される。律子の弟子と謳ってネットで依頼を募る件については保留にしてある。やはり自分はメールでやりとりをするのではなく、対面で霊的な悩みを解決したい。律子の手伝いをするくらいならいいが、自分が表立って何かをするのは気が進まなかった。子狸は『スピリチュアルカウンセラーケイジとして動くのもいいと思われますがぁ』とわりと乗り気だ。有生とパートナーとして仕事をするのも問題は多いし、ネットで依頼客を募るのにも二の足を踏む。慶次は自分がどういう仕事をすべきかという原点にかえって悩んでいた。悩んでいるといえば、瑞人と勝利に預けた子狼二体は、子狸曰く『成長どころか後退しているのでそろそろ回収すべきですぅ』と言っている。高知に戻ったら、まず子狼たちの再教育が必要かもしれない。

夜には有生の熱は少し下がっていて、前回よりは体調が安定しているように思えた。

「慶ちゃん……？」

夜中に有生の身体を氷水に浸したタオルで拭っていると、有生が眠りから覚めて、ぼーっとした表情を向けてきた。

「おう、大丈夫か？　熱は少しだけ引いてきたぞ」

慶次はベッドに腰を下ろし、額に張りついた有生の前髪を掻き上げた。冷たいタオルを当てると、気持ちよさそうに目を閉じる。

「弱ってるとお前って可愛いな」

慶次は笑ってタオルを首筋に当てる。

「慶ちゃんが寝込んだら……俺も看病してあげるね」

有生の手が慶次の手に重なる。とろんとした表情で有生が微笑み、慶次はつい吸い込まれるようにその唇にキスをした。

「うおっ、今何か無意識でチューしてたぞっ」

慌てて上半身を起こし、慶次は目をパチパチさせた。愛しさが高まって、身体が勝手に動いていた。恐ろしい、と慶次は身震いした。

「あー、早く元気になりたい。慶ちゃんを犯したい……タマが空になるまで出しまくりたい……慶ちゃんをメスイキさせてもう許してって泣かせたい……」

熱にうなされたように有生が不埒な発言をする。口の中に冷たいタオルを突っ込んでやろうかと思ったが、理性を掻き集めて我慢した。

「回復したら、お前パワーアップしてるのか？　これ以上どうなんの？　そもそもパワーアップ必要なくない？」

お腹が空いたという有生の口元におかゆをスプーンで運びつつ、慶次は首をかしげた。

「必要あるでしょ」

有生はもぐもぐしながら呟く。

「何で？　お前けっこう最強じゃん。いい意味でも、悪い意味でも」

おかゆをすくったスプーンを有生の口に持っていくと、有生が黙り込む。そういえば前に同じ質問をした時も返答しなかった。

『有生たまはご主人を守るためにパワーアップが必要だと思ったのでありますぅ』

ベッドの脇からひょいと子狸が出てきて、くぷぷと笑いながら言ってきた。

「え？」

慶次が目を丸くすると、有生の頬が赤くなる。

「子狸うざい。そーいうの言わなくていいから」

力のない腕を伸ばし、有生が吐き捨てる。有生に捕まえられる前に、子狸はぴょんと慶次の背後に逃げ込んだ。

『有生たまは当主たまと耀司たまに、ご主人たまをしっかり守れと言われて、パワーアップを求めたのであります。珍しく有生たまに刺さったのでありますねぇ。恋人のためならスーパーマンになれる、そんなかわゆいところがある有生たまなのでしたぁ』

子狸に耳打ちされ、慶次の頬もぽっと赤くなった。そういえば確かにこの変な症状が出たのは、当主と耀司に今後について言われた後だ。

「別にそういうんじゃねーし」

有生はすねたように背中を向けてくる。珍しく恥ずかしがっているようだ。自分のためにがんばるというのが面映《おもは》ゆかったのだろう。

「ふーん」

慶次はベッドにどさっと身体を乗せて、そっぽを向いている有生を覗き込んだ。ニヤニヤして顔を近づけたせいか、有生が頬をつねってくる。

「慶ちゃんがトラブル引き寄せすぎなせいでしょ……。あーまた熱上がってきた。咽《のど》痛い、頭痛い、節々が痛む。慶ちゃん、さすってー、チューしてー」

有生は駄々っ子のように甘えている。有生が可愛く見えてきて、慶次は布団越しにぎゅっと抱きしめた。

「可愛い」

いつも有生が言う言葉を慶次は、にやーっとして言った。愛しさが高まると、出てくる言葉だと初めて知った。有生の長い腕が伸びてきて、抱き寄せられる。体温の高い有生と吐息を重ね、しばらくずっと口づけを続けていた。


三日ほどで有生の熱は平熱になった。明日は高知に戻ろうと決めて、世話になっている寺社仏閣に挨拶をしに行き、夕刻頃マンションに帰ってきた。汗を掻いていたので帰るなりシャワーを浴びていると、病み上がりの有生が途中で乱入してきて、なし崩しに行為になだれ込んだ。

「あー……、やっぱちょっと体力落ちてる」

愛撫の途中で有生がもたれかかってきて、だるそうにした。性行為は体力を使うので、まだ早かったようだ。

「もー。無理すんなって。口でしてやろうか?」

シャワーの飛沫を浴びながら抱きついてくる有生に言うと、考え込むように目を閉じている。

「んー。慶ちゃんと繋がりたいから、上に乗って」

ぱちりと目を開けた有生にねだられ、慶次は躊躇《ちゅうちょ》して黙り込んだ。騎乗位はあまりしたことがないし、恥ずかしさがある。

「ねー、いいでしょ……？」

有生の指が慶次の尻の穴に入り、煽るように感じる場所を押してくる。指の腹でぐりぐりと奥を弄られ、慶次はびくりと腰を震わせた。

「うー……。うーん……」

返事を迷っている間に、入れた指をぐちゃぐちゃと動かされる。先ほどローションを注がれたので、尻の中はぬるついている。指で穴を広げられ、耳元で有生が囁く。

「いいって言って。入れるところまではやってあげるから」

耳朶に舌を差し込み、有生がいやらしい響きでくすぐる。有生は空いたほうの手で慶次の乳首を弄り、尻の奥と同時に愛撫する。

「ん……っ、ん、ん……っ」

乳首と尻を同時に責められ、慶次はとろんとして甘い声をこぼした。入れた指で奥を掻き混ぜられ、たまらずに有生の腕にすがる。

「ん……、分かった、ぁ……っ」

最近尻の奥を弄られると、気持ちよさに意識が散漫になることがある。有生曰く「尻よわよわ」だそうだ。そういう時に何か頼まれると、素直に言うことを聞いてしまうのが問題だ。慶次がこくりと頷いたのを見て、有生は嬉しそうに濡れた乳首を引っ張ってくる。

「もう柔らかいから入ると思う」

有生はシャワーを止め、タイルの上に尻をつけた。マンションの浴室は広いので、有生が寝転がっても平気なくらいのスペースはある。有生は慶次の手を引っ張り、湯気が残る浴室の中、腰を引き寄せた。

「うう……何か恥ずかしい」

有生の腰に跨り、慶次は赤くなって膝をついた。有生は勃起した性器の先端を慶次の尻のはざまにあてがう。

「慶ちゃん、ゆっくり腰下ろして」

角度を変えて、有生が慶次の尻の穴を広げて言う。導かれるままに、慶次は有生の性器に腰を下ろしていった。張り出した部分が、ぐっと内部にめり込んでくる。ぞくぞくとした感覚が繋がった場所から迫り上がってくる。有生は手伝うように性器を押し込んでくる。

「ふ……っ、は、ふ……っ」

尻の穴をめいっぱい広げられ、慶次は真っ赤になりながら有生の性器を呑み込んでいった。深い場所まで繋がると、慶次は息を乱して有生と手を組んだ。上から見下ろす体勢で、慶次は荒い呼吸を繰り返した。

「慶ちゃん、真っ赤。可愛い」

有生がうっとりとして慶次の頬を撫でる。その手が首筋から鎖骨、乳首からわき腹へ、そして慶次の性器を包み込む。あっという間に獣耳がぽんと出てきて、無性に恥ずかしかった。

「あー……今日、ホントあんまり保たないかも……。朝までヤりたいのに……」

慶次の性器を手で扱き、有生が残念そうに呟いた。裸になって分かったが、有生は少し痩せた。やはり熱は体力を奪うのだ。

「有生……」

慶次は有生を抱きしめ、小刻みに腰を律動させた。じわじわと気持ちいい感覚が、腰から全身に伝わってくる。

「慶ちゃん、抱きしめられてると慶ちゃんのエロい姿が見えない」

有生の頭を抱え込んでいるのが嫌らしく、有生が尻を揉んでくる。

「駄目……、こっち見んな……っ、あっ、あっ、あっ」

自分が腰を振っている姿が恥ずかしく思えて、慶次は有生の目を手でふさいで、腰を動かした。自分の身体の奥で有生の性器がどんどん大きくなるのが分かる。硬くて、熱くて、涙が出るほど心地いい。

「ひっ、は……っ、は……っ、あっ、あん」

無意識のうちに自分が感じる角度で腰を揺さぶり、慶次は甲高い声を上げた。シャワーを浴びて暑さから逃れたはずが、今はまた体温が上昇して汗ばんでいる。有生の性器で奥を突かれると、たとえようもなく感じて、あられもない声が漏れ出る。

「慶ちゃん、とろとろになってるね……」

慶次の手を掻い潜り、有生が乳首を指先で弾いてくる。乳首を愛撫されると、何故か繋がっている奥に甘い電流が流れる。いつの間にか有生の目元を覆っていた手が外れ、慶次は仰け反るようにして腰を振っていた。

「気持ちいい？　中、びくびくしてる」

有生はそう言うなり、不意打ちのように下から腰を突き上げてくる。いきなり深い奥をごりっと擦られ、慶次は「やぁぁ……っ」と浴室内に響き渡る声を上げた。

「ひ……っ、は、ぁ……っ」

慶次が思わず床のタイルに手を突いて後ろへ仰け反ると、有生がわざとのように腰を穿ってくる。突かれるたびに嬌声《きょうせい》が上がり、慶次は胸を反らせて獣じみた息を吐いた。

「ば、馬鹿……っ、俺が動くって……、あ……っ、あっ」

騎乗位のはずが、興奮してきた有生が慶次の足首を持ち上げて、内部に腰を突き入れてくる。

「我慢できなくなった……っ、慶ちゃんがエロすぎるのが悪いと思う」

いつの間にか慶次の背中が床のタイルにつき、有生が押さえ込む形で腰を律動させてきた。肉を打つ音が響き渡るくらい、有生は激しく腰を穿ってくる。容赦なく奥をえぐられ、慶次はひっきりなしに甘い声を漏らした。

「駄目、イく、イっちゃう……っ」

執拗に奥を突かれ、慶次は快楽のことしか考えられなくなって、甘ったるい声で喘いだ。有生が屈み込んできて、まるでその声を奪うように唇をふさいできた。

「うー……っ、う、う……っ!!」

かぶりつくようにキスされながら、奥を突き上げられ、慶次は絶頂に達した。白濁した液体が性器から噴き出し、銜え込んだ有生の性器を締めつける。それに引きずられたように、内部で有生が射精したのが分かった。どくどくと有生の性器が激しく脈打ち、液体がじわっと広がっていく。

「はぁ……っ、はぁ……っ、はぁ……っ」

わずかに唇が離れた瞬間に息を吸い込み、事後の余韻に浸った。下半身が蕩《とろ》けるようで力が入らない。有生はだるそうな顔つきで、貪るように慶次の唇を吸う。

有生とキスをするのは好きだ。唇が触れるだけで幸せだと思うし、愛情を感じる。有生もそう思っているのだろうかと考えながら、慶次は有生の唇を吸い返した。

浴室から出た後は、下着一枚の姿でベッドにもつれ込んだ。夏掛けの布団を被り、クーラーを利《き》かせてじゃれ合っていた。ラブラブとはこのことだろうというくらい、イチャイチャしていたのだ。

「そういえば有生、お前のお母さんって井伊家の人だったんだな。俺、知らなかったよ」

甘い雰囲気を掻き消したのは、慶次がつい口にした一言だった。

「……誰に聞いた？」

それまで慶次と寄り添っていた有生が、ふっと剣呑《けんのん》な目つきで慶次を見てくる。もしかして知られてはまずいことだったのかと、慶次は冷や汗を掻いた。

「えっと、ごめん。ヤバかった？」

調子に乗りすぎたと慶次が焦っていると、有生が頭をガシガシ掻いて枕に肘を突く。

「別に隠してはいないけど、誰から聞いたか気になる」

疑惑の眼差しで見据えられ、慶次は視線を逸らした。そうだ、これは柊也からの情報だった。柊也とひそかに会っていたなんて知ったら、有生の機嫌が悪くなる。何しろ同居のルールで他の男としゃべるなとか言い出した男だ。

「子狸ちゃん、誰が言ったの？」

慶次が必死に目を逸らしていると、有生は追求の矛先《ほこさき》を変えて迫ってきた。とことこと寝室に子狸が入ってきて、『白いほうの柊也ですぅ』とあっさりばらしてしまう。

「へぇ……いつの間にあいつと会ったのかな？　俺が具合悪い時に？　慶ちゃんってそんな不実なことする奴だったんだ？　彼氏が寝込んでいる隙に浮気かぁ……」

案の定、有生は悪鬼の如き形相で慶次の肩を摑んできた。

「う、浮気じゃないっ！　待ち伏せされて、子狸もしゃべってオッケーって言うから！　ばれたから言うけど、柊也は井伊家の情報をこっちに流すって言ってる。それに病院に通い始めたって言ってたぞ。あいつは悪い奴じゃない」

痕がつくくらい強く肩を摑まれ、慶次は枕を盾にして応戦した。

「あのさぁ、慶ちゃん。何でわざわざ危険なほうにばかり進んでいくわけ？　あいつと関わっていいことある？　何もないでしょ。子狸も、何で許可した？　俺が怒るって分かってたろ」

有生から凍りつくような気が流れ、慶次は寒気を覚えた。子狸も怯えているのではないかと慶次は思ったが、予想に反して平然としている。

『有生たまー。これは序の口でありますぅ』

子狸は膨《ふく》らんだお腹をぽこんと叩いて、満面の笑みを浮かべる。

『実はご主人たま、これから二年ほどモテ期到来なのでありますぅ！　人間には誰しも一、二回は訪れるというあの……黄金期間の始まり、始まりぃ』

ぱっと子狸の周囲に花が散り、何故か腹踊りが始まった。慶次は啞然として子狸を凝視した。

「モテ期……？」

慶次が困惑して聞き返すと、子狸がえっへんと胸を張る。

『はいぃ、ご主人たま、これからご主人たまを好きになる人が寄ってくるので、恋愛リアリティーショーをお楽しみ下さいぃ。ちなみにその次のモテ期は三十年後なので、これを逃したらいい思いはできませぬぞぉ』

からかうように笑われ、慶次は絶句した。次のモテ期があまりに先すぎるのもどうかと思うが、それを横で聞いている有生がどうなるか恐怖を覚えた。

「……まさかあの井伊家の末っ子がライバルになるとか言うわけ？」

有生は扇子《せんす》を広げて踊っている子狸を捕まえて、物騒な気配を漂わせて聞く。ようやく子狸が毛を逆立てて有生に怯える。

『は、はいぃ。あのドジっ子はご主人たまのために変わろうとしている途中でありますぅ。あとご主人たまは変な人に好かれる傾向があるので、他にも予備軍が』

「……」

有生は無表情になって、子狸をぽいと部屋の隅へ放る。柊也が自分のことを特別な意味で好きになることなんて、あるのだろうか？　しかも予備軍とは誰だろう？

「慶ちゃん、やっぱり同棲ルール発動しよう」

有生の手が伸びてきて慶次の両頰をがしっと押さえる。

「他の人としゃべっちゃ駄目」

真剣な様子で言ってくる有生に、それはさすがに無理ですと答えるしかなかった。

あとがき

こんにちは&はじめまして夜光花です。眷愛隷属シリーズも八冊目になりました。これも応援してくれる読者さまのおかげです。ありがとうございます。やっと！　とうとう！　有生と慶次が一緒に暮らし始めました。すでに半同棲状態だったのであんまり変わりないですが、末永く幸せに暮らしてほしいですね。健の話はどこかで入れたかったので、今回出せてよかったです。慶次がもし討魔師になれなかったら、有生は誰とも分かり合えずにつまらない人生を生きたかもしれないです。

シリーズ通してイラストを描いて下さる笠井あゆみ先生、毎回新たな萌えをありがとうございます。今回も可愛くてラブラブな絵ばかりで大興奮です。子狸の可愛さは増すばかりで、子狼もセットになると萌えの天元突破ですね。慶次のダサTは笠井先生の手にかかると逆にお洒落で欲しくなりました。

担当さま、毎回お世話になっております。次回もよろしくお願いします。

読んでくれる皆さま、感想や応援、とても励みになります。有生と慶次の行く末を温かく見守って下さい。

ではでは。次の本でまた出会えるのを願って。

夜光花

◆初出一覧◆

狐の巣ごもり －眷愛隷属《けんあいれいぞく》－　　　　／書き下ろし

ビーボーイノベルズをお買い上げ
いただきありがとうございます。
この本を読んでのご意見・ご感想
をお待ちしております。

〒162-0825 東京都新宿区神楽坂6-46
ローベル神楽坂ビル4F
株式会社リブレ内 編集部

アンケート受付中
リブレ公式サイト　https://libre-inc.co.jp
TOPページの「アンケート」からお入りください。

BBN
B●BOY NOVELS

狐の巣ごもり －眷《けん》愛《あい》隷《れい》属《ぞく》－

2023年9月20日　第1刷発行

著　者――夜光 花

発行者――太田歳子

発行所――株式会社リブレ

〒162-0825
東京都新宿区神楽坂6-46ローベル神楽坂ビル
営業　電話03(3235)7405　FAX 03(3235)0342
編集　電話03(3235)0317

印刷所――株式会社光邦

Printed in Japan
ISBN978-4-7997-6410-7